형운

성운을 먹는 자

성운을 먹는 자 24

김재한 퓨전 판타지 소설

초판 1쇄 찍은 날 § 2017년 2월 10일
초판 1쇄 펴낸 날 § 2017년 2월 17일

지은이 § 김재한
펴낸이 § 서경석

편집책임 § 이창진
디자인 § 신현아

펴낸곳 § 도서출판 청어람
등록번호 § 제387-1999-000006호
등록일자 § 1999. 5. 31
어람번호 § 제1-2628호

주소 § 경기도 부천시 부일로 483번길 40 서경B/D 3F (우) 14640
전화 § 032-656-4452 팩스 § 032-656-4453
http://www.chungeoram.com
E-mail § chungeorambook@daum.net

ISBN 979-11-04-91200-9 04810
ISBN 979-11-04-90287-1 (세트)

FUSION FANTASTIC STORY

김재한 퓨전 판타지 소설

성운을 먹는 자

이어짐

24

책람

목차

제154장
계승자

성운을 먹는자

1

빙백무극지경의 능력은 인간이 이해할 수 있는 이치를 넘어선다. 물이 한순간에 전혀 불순물이 없는 투명한 얼음이 되기도 하고, 얼음이 전혀 열을 발생시키지 않고 기체로 변하기도 한다. 또한 피와 살로 이루어진 육신이 마치 얼음이 허상인 것처럼 아무런 저항도, 상호작용도 없이 통과해 버리기도 한다.

그것은 극음지기를 다루는 데 있어서만큼은 한없이 신의 권능에 가까운 능력이었다. 그토록 심오한 능력이다 보니 그 영역에 도달한 자가 둘이 있다고 해서 그 둘이 대등한 것은 아니다. 그 안에서도 높고 낮음이 존재했다.

휘이이이이…….

익숙한 바람 소리가 설경의 의식을 일깨웠다.

순간 설경은 자신이 세상에 풀려났음을 알았다. 그리고 그의 정신이 시간의 흐름을 인지하지 못했음을 깨닫고 경악했다.

그에게 있어서 갇혔던 시간은 찰나였다. 갇혔다고 생각한 순간 다시 풀려나 있었다.

하지만 동시에 육신이 변화를 알려오고 있었다. 아주 길지는 않지만 분명 눈에 띌 정도의 변화가 있었고, 그것은 시간의 흐름에 의한 것임이 분명했다.

곧 설경은 그 이질감이 어디에서 비롯되었는지 깨달았다.

'시간이 정지했다.'

천결봉 정상에 거대한 얼음꽃이 피어나 있었다. 어떠한 불순물도 존재하지 않아서 수정처럼 투명한 얼음으로 이루어진 그 얼음은 외부의 간섭으로 변화하는 것을 거부했다.

휘몰아치는 눈이 달라붙지 못한다. 위태위태한 구조의 말단조차도 바람에 휘청거리지 않는다.

설경이 권능으로 때려봐도 미동조차 하지 않는다. 그리고 아무리 의념을 집중해 봐도 그 안에 있는 성하와 연결할 수 없었다.

곧 설경은 이 얼음이 단순히 물질적인 영역을 정지시킨 것만이 아니라 시간마저도 동결시켰음을 인정해야 했다. 이것은 그야말로 신의 권능이라는 말이 어울리는 감옥이었다.

'우리가 갇혔던 봉인도 이런 구조였던 것인가. 백야의 권능을 확장시킨 형태군.'

백야에게 봉인되었을 때는 이런 식으로 외부에서 관찰할 기회가 없었다. 하지만 먼저 풀려나 보니 과연 성하조차도 봉인의 힘이 다할 때까지는 꼼짝도 못 할 만했다. 영혼과 의식의 시간은 완전히 동결시키면서 육체는 시간의 흐름 속에서 쇠하도록 시간의 적용이 분리된 결계라니……

'다시는 이런 봉인을 허락해서는 안 된다.'

백야는 죽었다. 그리고 그녀의 힘을 계승한 이자령도 죽었다.

하지만 백야문도를 말살하지 않는 이상 안심할 수 없었다.

'왕께서 깨어나기 전에 놈들의 씨를 말릴 것이다.'

이자령이 목숨을 바쳐 만들어낸 봉인은 경이롭지만 동시에 초라했다. 불과 몇 시진 만에 설경이 풀려났으며, 성하 역시 길어봐야 며칠 안에 풀려날 것이다.

설경은 즉시 술법을 펼쳐 상황을 확인했다.

설산을 둘러싼 눈폭풍 결계는 유지되고 있었다. 그리고…….

'간악한 것들!'

설경은 마침내 천결봉을 떠나 움직이기 시작했다.

2

진예는 자신이 어떻게 여기까지 왔는지 기억하지 못했다. 이연주의 최후를 끝으로 의식이 끊어졌기 때문이었다.

다시 눈을 떴을 때는 익숙한 천장이 기다리고 있었다. 그녀는 단번에 자신이 백야문에 돌아왔음을 깨닫고 몸을 일으켰다.

"아."

그리고 눈앞이 어질거려서 그 자리에 주저앉았다.

얼마나 시간이 흘렀는지는 모르겠다. 하지만 여전히 몸에 힘이 없었다.

꼬르륵.

그리고 배가 먹을 것을 요구하고 있었다.

"하하하……."

그 사실이 이상하게 느껴져서 진예는 웃었다. 하지만 곧 웃음은 울음으로 변했다.

'사부님, 대사저……'

누군가 사부인 이자령을 부모처럼 여겼냐고 묻는다면 진

예는 고개를 끄덕이지 못할 것이다. 사부는 다른 무언가가 아니라 그저 사부였다. 진예는 사부의 존재를 빗댈 다른 존재를 알지 못했다.

진예는 기억조차 흐릿할 정도로 어릴 적에 부모를 잃었기에 평범한 부모와 자식의 관계가 어떤지 잘 몰랐다. 하지만 자신에게 그런 사람을 한 명만 꼽아보라면 대사저인 이연주가 아니었을까.

둘의 나이 차가 많이 나서만은 아니었을 것이다. 이연주는 늘 이자령의 대제자로서 모두를 신경 썼다. 남들이 진예의 의욕 없음에 지쳐서 멀어졌을 때도 이연주만은 끝까지 진예를 올바른 길로 이끌려고 노력했다.

이연주가 아니었다면 진예는 일찌감치 모두가 포기해 버린 사람이 되었을지도 모른다. 다그쳐 주는 사람도, 손잡아주는 사람도 없이 홀로 쓸쓸하고 방만하게 살아가다가 어느 날 어이없이 죽었으리라.

꼬르륵.

그런 사람들을 잃었는데, 그들이 자신을 살리기 위해 희생했다는 사실에 가슴이 찢어질 것처럼 아픈데…….

그런데도 눈치 없는 몸은 먹을 것을 달라고 아우성친다. 진예는 그 사실이 너무 우스웠고 비참했다. 웃음과 눈물을 참을 수 없었다.

"……"

문득 진예는 차가운 바람이 몸에 와 닿는 것을 느꼈다.

열린 문으로 한 사람이 자신을 내려다보고 있었다.

"…깨어났구나."

갈라진 목소리로 말한 것은 셋째 사저인 주미령이었다.

그녀를 본 진예는 왈칵 눈물이 나왔다. 사부를 잃고, 부모 같은 대사저도 잃었다. 늘 나이 차 많이 나는 언니처럼 진예를 챙겨주던 주미령이라도 살아 있다는 사실에 마음의 빗장이 풀려 버렸다.

주미령은 당황하지 않고 진예를 가만히 안아주었다. 진예는 그녀의 품에 안겨서 펑펑 울었다.

감정이 잦아든 것은 한참 후였다. 주미령은 옷이 더러워지는 것을 신경 쓰지 않고 진예의 눈물 콧물을 닦아주고는 말했다.

"일어설 수 있겠니?"

"…네."

"가자꾸나."

"어딜요?"

"금척이를 봐주렴."

순간 가슴에 쿵 하고 무거운 것이 내려앉는 것 같았다. 더 나올 눈물조차 없는 진예의 눈이 공포로 물들었다. 머리는 이미 진실을 알고 있지만 가슴은 부질없는 희망을 붙잡고 있었다.

아니겠지. 아닐 거야. 그럴 리가 없어…….

주미령은 슬프게 웃으며 그 희망을 끊어주었다.

"금척이가 마지막에 네게 전해달라고 한 말이 있단다."

"……."

진예는 힘이 풀려서 그 자리에 주저앉고 말았다. 주미령은 그런 그녀를 가만히 바라보다가 몸을 굽혀서 업고 밖으로 나갔다.

넋을 놓은 것처럼 멍해진 진예는 나가자마자 익숙한 찬바람과 사람들의 시선을 느꼈다. 사람들이 그녀를 보고 있었다. 아무 말 없는 그들의 시선이 자신을 비난하는 것만 같아서, 진예는 어디론가 도망치고 싶었다.

하지만 도망칠 곳 따위 없었다. 진예는 오래전부터 그 사실을 뼈저리게 알고 있었다.

곧 주미령이 문주전에 도착해서 진예를 내려놓았다.

그곳에는 몇몇 사람들이 모여 있었다. 진예는 그들이 당장에라도 꺼질 것처럼 위태위태한 촛불처럼 보였다. 오랫동안 굶주리고 쇠약해졌으며, 이자령이 성하와 일전을 치르러 갈 때 얼마 안 남은 진기마저 싸울 자들에게 내줘 버린 사람들.

이제 그들은 걸을 힘조차 제대로 남지 않았을 것이다. 그런데도 진예를 맞이하는 눈빛만큼은 신기할 정도로 형형했다.

대체 무엇일까.

무엇이 그들의 의지를 일으켜 세우는 것일까.

진예는 스스로 답을 알고 있는 질문을 던지며 바닥으로 시선을 향했다.

차갑게 얼어붙은 서금척의 주검이 그녀를 기다리고 있었다.

'사형……'

이자령은 사부였다. 그 어떤 사람과도 비교할 수 없는, 사부였다.

대사저인 이연주는 오래전에 잃어버린 부모를 떠올리게 하는 사람이었다.

셋째 사저인 주미령은 나이 차가 많이 나는 언니 같았다.

그리고 다섯째 사형인 서금척은…….

"금척이가 전해달라고 했다. 망설이지 말고 자기를 쓰라고. 그게 자기가 진정으로 바라는 것이니 괴로워하지 말라고, 이런 일만 남겨주는 못난 사형이라 미안하다고……."

그 말에 진예는 벼락을 맞은 것처럼 놀라 주미령을 바라보았다. 슬프게 웃는 주미령을 보는 진예의 눈이 당장에라도 무너질 것처럼 파르르 떨렸다.

"바보."

진예는 무너지듯이 주저앉아서 서금척의 시신을 안았다.

눈물은 흐르지 않았다. 펑펑 울고 싶은 기분인데도 울 수가 없어서, 진예는 억지로 웃으며 서금척의 얼굴을 바라보았다.

한 톨의 온기조차 없이 얼어붙은 그의 얼굴은 평온해 보였다. 그 사실이 이상할 정도로 진예의 가슴을 울렸다.

"미안하긴 뭐가 미안해요. 나한테 한 번도 미안해할 일 따위 한 적도 없으면서······."

진예에게 있어 서금척은 못 미더운 오빠 같은 사람이었다. 수련을 땡땡이치고 숨어 있는 자신을 찾아와서 허둥대는 그를 보는 것이 좋았다. 어린 문도들에게 사랑받는 성실함이 좋았고 요령이 부족해서 남의 일까지 떠맡으면서도 싫은 소리 한번 하지 않는 모습조차도 좋았다.

"아무것도 미안해할 필요 없어요. 그러니까 편히 가세요. 사형이 남겨준 것은 결코 헛되지 않을 거예요."

진예는 망자에게 작별의 예를 표하고는 몸을 일으켰다. 그리고 주미령을 바라보다가 어느덧 한 가지 사실을 깨달았다. 자신이 주미령과 똑같은 표정을 짓고 있다는 것을.

진예는 심호흡으로 그 감정을 다스리고는 말했다.

"사저, 부탁드릴게요. 형운 공자를 이곳으로 불러주세요."

"금척이의 말이 무슨 의미인지 알았느냐?"

"예. 조사님의 비처로 들어갈 거예요."

그 말에 문주전에 모인 자들이 술렁였다.

장로가 따지듯이 물었다.

"진예야, 설마 선풍권룡을 비처에 들일 생각이냐?"

"예."

"말도 안 된다! 본래는 문주만이 계승하는 본 문의 비밀이거늘, 어찌 본 문의 문도도 아닌 외인을 거기에 들인단 말이냐!"

이 상황에서는 답답하기 그지없는 말이다. 그러나 장로들은 평생 동안 폐쇄적인 백야문의 전통을 지키며 살아온 사람들이다. 그들에게 전통은 상식이며 또한 반드시 지켜야 하는 율법과도 같았다.

"사부님께서 제게 말씀하셨어요."

진예는 장로를 똑바로 바라보며 말했다.

"설령 터전을 잃는 한이 있더라도 백야문의 명맥이 끊겨서는 안 된다고. 어떠한 대가를 치르더라도 살아남아서 오만한 요괴들에게 인간이 맹세를 잊지 않는 존재임을 증명해 주라고."

"아무리 문주가 그런 유언을 남겼다 한들 외인을… 헉!"

어림없다는 듯 윽박지르려던 장로가 흠칫했다.

진예의 손에서 흐릿한 빛방울들이 흘러나와 문주전의 깊숙한 곳으로 향하고 있었다. 그 빛방울들로부터 느껴지는 기운이 너무나 깊게 기감을 울려서 다들 일순간 말을 잊고 말았다.

"조사님께서 부르고 계십니다. 오직 저와 형운 공자만이 그분의 부름을 받았으니, 장로님들께서는 부디 지금이 전통의 고루함에 사로잡혀 있어서는 안 되는 상황임을 이해해 주세요."

진예의 말은 조용했지만 더 이상 아무도 반박하지 못했다. 그 말에 담긴 논리에 납득해서가 아니다. 어떠한 감정도 내비치지 않고 차분하게 말하는 진예는 불가사의한 위압감으로 그 자리를 지배하고 있었다.

"이것은 우리의 생존과 신념을, 그리고 조사님이 바라셨던 우리 모두의 존엄이 걸린 일이니… 저는 저 잔혹한 옛 왕을 쓰러뜨림으로써 사부님과 대사저, 그리고 서 사형의 희생에 설산의 운명을 좌우할 가치가 있었음을 증명하고야 말 것입니다."

3

한서우는 형운의 상세를 봐주고 있었다. 형운의 왼쪽 어깨는 여전히 얼음이 덮여 있었는데, 이자령의 일검이 빚어낸 이 얼음은 마치 시간 그 자체를 동결시켜 놓은 것처럼 아무런 변화가 없었다.

불현듯 한서우가 사과했다.

"미안하다."

"뭐가 말입니까?"

"내가 너무 상황을 낙관적으로 보았다. 그리고 일이 벌어진 후에는 지나치게 겁을 먹었지. 그동안 마교를 두고 예지에 휘둘리는 놈들이라고 비난했지만 나 역시 다를 게 없었던 모양이다."

한서우가 씁쓸하게 웃었다.

성하가 예지를 가리는 동안에는 주어진 정보를 토대로 판단하는 수밖에 없었다. 이미 결정한 이상 예지로 미래를 짐작할 수 없다는 불안감은 그를 흔들지 못했다.

그러나 전투 도중에 예지가 성하의 상황을 파악하면서부터 그의 마음에 혼란과 두려움이 자라났다.

차라리 끝까지 성하에 대한 예지가 차단된 채였다면 좋았을 것이다. 혹은 그의 예지가 전지했다면 판단을 그르칠 일도 없었을 터.

예지가 성하를 포착한 순간, 한서우는 그녀가 백야의 신검 없이는 도저히 대적할 수 없을 정도로 절망적인 권능의 소유자임을 알았다. 그러니 만약 형운 일행이 패했다면 그들 역시 성하의 손길이 미치기 전에 퇴각하는 것이 옳았다.

문제는 그의 예지가 형운 일행의 패배를 알아냈을 뿐, 구체적인 상황을 알아내지 못했다는 점이다.

예지란 늘 그랬다. 명확하게 알 수 있는 것은 진실의 일부일 뿐이며, 불확실하고 모호한 시간의 파편을 포착할 뿐이기에 진실의 전체상을 보기 위해서는 더 많은 정보를 통해 추론하는 과정을 거쳐야만 했다.

그때의 한서우에게는 그럴 여유가 없었다. 그가 성하와 설경이 봉인된 상황을 알아낸 것은 백야문의 결계 영역으로 돌아와서 차분하게 작업에 몰두한 후였던 것이다.

"네 생존이라도 믿었더라면 좀 더 일찌감치 손을 쓸 수 있었을 것을……."

그랬다면 이연주를 살리고 만설군까지 끝장낼 수도 있었으리라.

형운이 고개를 저었다.

"지나치게 자책하고 계십니다. 선배님께서는 최선을 다하셨어요. 선배님께서 오시지 않았다면 저와 진 소저도 죽었을 겁니다. 그리고 모든 것이 끝났겠지요."

이연주가 목숨을 희생해서 벌어준 시간 동안 한서우와 자혼이 당도해 준 덕분에 형운과 진예는 목숨을 건졌다.

한서우와 자혼은 그 자리에서 만설군과 백안, 백요선까지 끝장을 내려고 했다. 하지만 백요선을 죽이고 만설군과 백안에게 맹공을 퍼붓는 사이 설경이 봉인에서 풀려나서 울부짖었다.

결국 그들은 형운과 진예를 구출해서 백야문으로 퇴각하는 것에 만족할 수밖에 없었다.

한서우가 물었다.

"형운, 혹시 성하가 깨어나기까지 얼마나 시간이 걸릴지 알고 있느냐?"

"어렴풋이 짐작은 합니다만 오차가 클 겁니다."

"대충 어느 정도지?"

"앞으로 짧으면 이틀, 길면 닷새 정도입니다."

한서우가 신음했다.

"검후가 목숨까지 바쳤는데도 그 정도에 그쳤는가……."

"어차피 다들 더 버틸 수가 없는 상태입니다. 도망칠 길도 막혀 버렸고……."

백야문에는 이제 더 이상 남은 식량도 없었고, 생존자들은 다들 이자령이 결전을 치르러 갈 때 얼마 남지 않은 진기를 싸울 자들에게 몰아줘 버렸다. 이제 하루 단위로 기력이 다해 죽어가는 자들이 나올 것이다.

그렇다고 해서 도망칠 수도 없었다. 성하가 봉인되었는데도 눈폭풍 결계는 건재했고, 설경이 풀려나 버렸으니까. 걸을 힘도 안 남은 이들을 데리고 눈폭풍 결계를 넘을 수도 없었고, 설경과 싸우는 것은 더더욱 불가능했다.

실로 절망적인 상태였건만 형운은 굳건한 의지로 말했다.

"그 안에 승부를 내는 수밖에 없겠지요."

"승산은?"

"하늘만이 알 겁니다."

"……."

"왠지 우습군요. 그리고 슬픕니다."

"뭐가 말이냐?"

형운이 한탄했다.

"이 모든 것이 우리가 태어나기도 전에, 까마득하게 오래 전에 일어난 일들의 계속입니다. 고통받는 것도, 목숨을 걸고 싸우는 것도 이 시대의 우리들인데… 그런데 일의 원인도, 그리고 해결책도 아득히 오래전의 존재들에게 달려 있어요. 그 사실이 우습고 슬프군요."

"……."

"하지만 그래도 싸워야겠지요. 신처럼 거대한 존재들이 우리를 하찮게 여긴다고 하더라도, 우리는 스스로를 증명하고 살아남기 위해 싸워야만 하겠지요."

아마 먼 옛날부터 그랬을 것이다. 지금보다 훨씬 더 세상이 강대한 존재들의 폭거로 가득했던 시절부터, 인간은 스스로의 존엄을 증명하기 위해서 절망적인 싸움을 해왔을 것이다.

형운은 그렇게 싸워 미래를 쟁취해 낸 자들을 알고 있다. 그리고 자신 역시 그런 사람이 될 수 있기를 바랐다.

한서우가 고개를 끄덕였다.

"그 말이 옳다. 짧은 시간 동안 벼락치기 하는 셈이겠지만 최선을 다해 도와주마."

"감사합니다."

형운은 왼팔이 없는 상태에서도 최대한 전력을 발휘할 방도를 찾아야 한다. 형운 혼자서 궁리한다면 긴 시간이 필요하겠지만, 이곳에 모인 천재적인 재능의 달인들이 힘을 모은다면 촉박한 시간 안에 성과를 볼 수 있을 것이다.

한서우와 이야기를 끝낸 형운은 그곳을 나서서 한 사람을 찾아 나섰다.

"하령아."

서하령은 눈 쌓인 나무 위에서 뿌연 하늘을 올려다보고 있었다.

형운이 불렀는데도 그녀는 아무런 반응이 없었다. 형운은 자신의 말이 무시당해도 재차 부르지 않고 가만히 기다렸다.

"…언젠가는, 우리 중 누군가는 이런 일을 겪게 될 거라고 생각했어."

서하령은 나무에서 내려오지 않고, 형운을 바라보지도 않고 말했다.

담담한 태도였지만 형운은 그녀의 목소리가 젖어 있다는 사실을 알아차렸다.

　"그게 내가 될 수도 있었고, 네가 될 수도 있었지. 우리 모두 그럴 만한 위기들이 있었으니까."

　형운도, 서하령도, 마곡정도 어린 시절부터 몇 번이나 죽음의 위기를 넘겨왔다. 위기가 닥칠 때마다 때로는 힘을 합쳐서, 때로는 누군가의 도움이나 희생으로, 때로는 기적적인 행운으로 살아남았지만 마음 한켠으로는 냉엄한 현실을 이해하고 받아들였다.

　자신들이 살아남은 것은 운이 따라서일 뿐, 사실은 언제든 죽을 수 있다는 사실을.

　그러니 자신이 죽는 경우도 각오했고, 소중한 동료를 잃는 경우도 각오하고 있었다.

　"그런데도 정말… 원망스럽구나."

　형운을 돌아본 서하령의 눈은 축축하게 젖어 있었다.

　그녀가 원망하는 것이 무엇인지 형운은 묻지 않았다. 그 역시 그녀와 같은 심정이었기 때문이다.

　충분히 각오를 다지고 있었는데도 슬프고, 화가 나고, 원망스럽고… 그리고 억울했다.

　왜 하필이면 그 죽음의 대상이 자신의 친구여야만 했단 말인가. 물론 머리로는 그런 감정이 불합리하다는 것을 잘 알고 있지만 그럼에도 가슴속에서 샘솟는 것은 어쩔 도리가 없었다.

"…하다못해 복수라도 해줘야겠지."

나무에서 사뿐히 내려온 서하령의 얼굴은 다시 냉정함을 되찾고 있었다. 조금 전까지 주체할 수 없이 샘솟던 감정을 한데 모아 차갑게 벼려낸 것 같은, 섬뜩할 정도로 예리한 기파가 그녀를 휘감고 있었다.

"시간, 별로 없지?"

그녀의 물음에 형운이 고개를 끄덕였다. 그녀가 뿌연 하늘을 올려다보며 한숨을 쉬고는, 마치 그것으로 이성을 흐리는 감정을 털어버린 것처럼 담담해진 목소리로 말했다.

"가자."

형운도, 서하령도 더 이상 말하지 않았다. 가슴속을 쑤시는 감정에서 도망치듯 당장 해야 할 일에 집중했다.

형운을 중심으로 서하령과 가려와 한서우와 자혼이 토론을 시작했다. 토론 주제는 왼팔을 잃은 형운이 당장 전력을 발휘할 수 있도록 진기를 운용하는 방식을 개선하는 것이었다.

상식적으로는 자신의 심법에 대한 비밀을 낱낱이 밝히는 것이나 마찬가지라 죽으면 죽었지 택하지 않을 방법이다. 하지만 귀혁에게 교육받으며 유연한 사고방식을 기른 형운은 그런 것에 얽매이지 않았다. 그리고 광혼심법은 비밀이 낱낱이 밝혀진다 한들 문제가 없는 심법이기도 했다.

"형운 공자."

한창 토론을 벌이고 있을 때, 주미령이 형운을 찾아왔다.

"문주전으로 와주셨으면 합니다."

4

그 길은 차갑고 어두웠다. 한 점의 빛도 없이 캄캄하고, 숨을 쉬는 것만으로도 몸속까지 얼어붙어 버릴 것 같은 냉기로 가득 찬 길이 끝도 없이 이어지고 있었다.

"미안해요."

그 어둠 속을 걷던 형운은 그의 등에 업힌 진예가 불쑥 사과하는 목소리를 들었다.

걸음을 멈추지 않은 채 그가 물었다.

"뭐가 말입니까?"

이 길을 끝까지 걸어갈 힘이 없어서 업혀 가는 것을 사과하는 것 같지는 않았다. 그러기에는 이 길을 걷기 시작한 지 시간이 꽤나 많이 흘렀다.

"제가 형운 공자에게 도움을 청하지 않았다면 이런 일에 휘말려 들지 않으셨겠죠."

"……."

만신창이가 된 것은 서로 마찬가지였다. 진예 역시 너무나 많은 것을 잃었다. 그녀가 겪은 상실은 영원히 치유되지 않는 상처로 남으리라.

하지만 진예는 자신과 형운의 입장이 다르다는 것을 잊지 않았다. 형운은 이곳에서 일어나는 모든 일들과 상관없는 외부인이다. 성하는 설산에서 비롯되었고 설산에서 완결될 재앙이며, 그렇기에 그가 신의를 지켜 이곳까지 오지 않았다면 만신창이가 되어 파멸을 직시해야 할 일도 없었다.

침묵이 이어졌다.

어둠 속에서 형운이 차가운 바닥을 밟는 발소리만이 조용히 울렸다. 그 침묵을 깨고 형운의 목소리가 울린 것은 한참 후의 일이었다.

"…아마도 그렇지 않았을 겁니다."

"네?"

"제가 이 일을 방관했더라도 곡정이는 그러지 않았을 테니까요."

형운은 침묵하는 동안 스스로의 내면에서 답을 찾아 헤맸다.

진예와 백야문을 원망하는 것은 너무 쉽고 비겁한 답이었다. 그렇기에 그 답을 고르고 싶지 않았다. 예전의 약속으로 그를 부른 것은 진예였지만, 신의를 지킨 것은 결국 형운 자신의 선택이었으니까.

이 사태에 있어 형운은 외부인이었지만 마곡정은 당사자였다. 형운은 마곡정이 언제가 되었든 결국은 이 일에 끼어들었을 것이라고 생각했다.

진예가 도움을 구하지 않았다면 마곡정이 이 일을 알고 설산으로 달려가는 시기는 좀 더 훗날이 되었을 것이다. 아마도 성하가 모든 것을 짓밟고 고대의 질서를 회복한 후, 전멸한 일족의 복수를 위해 뛰어들지 않았을까.

그리고 형운은 그런 마곡정을 홀로 사지에 뛰어들도록 놔두지 않았을 것이다.

'그렇지, 곡정아?'

형운은 대답이 돌아올 리 없는 질문을 던지며 살짝 미소 지었다.

사박. 사박.

그 말을 끝으로 다시 침묵이 이어졌다. 두 사람은 한참 동안 아무 말도 없이 각자의 생각에 잠긴 채로 이동했다.

그리고 마침내 길의 끝이 찾아왔다.

나선형으로 이어지던 계단 너머에서 흐릿한 빛이 비추었다. 그리고 그 빛에 도달하자 거대한 지하 공동이 나타났다.

"도착한 것 같군요."

형운은 이곳이 백야문의 문주전으로부터 지하 100장(약 300미터) 이상 내려온 위치임을 알았다. 500년 전의 설산의 인간들에게 이곳까지 이어지는 계단과 이런 공동을 만들 기술력이 있었을 것 같지는 않다. 아마 백야가 직접 만들어낸 것이 아닐까.

오는 길이 그러했듯 이곳의 공기 또한 숨결조차 얼어붙을 듯 차가웠다.

공동은 온통 얼음만으로 뒤덮여 있었다. 벽도, 천장도, 바닥조차도 두꺼운 얼음이 없는 곳이 없어서 암석을 직접 만질 수 있는 곳이 아예 없었다.

그리고 바닥의 얼음으로부터 시리도록 차가운 빛이 흘러나와서 주변을 밝히고 있었다.

그 빛의 근원지에는 한 사람의 모습이 있었다. 눈처럼 아름다운 은발을 지닌 젊은 여성의 주검이었다.

5

"이 사람이 백야……."

성하와의 두 번째 일전을 치르고 목숨이 다한 그녀는 스스로의 주검을 이곳의 얼음 속에 묻어두었다. 백야문의 후손들에게 언젠가 다시 깨어날 성하와 싸울 힘을 주기 위해서.

얼음에 묻힌 그녀의 모습은 마치 환상 같았다. 이곳을 밝히는 빛의 중심에 위치해 있어서만은 아니었다. 그녀의 몸 일부가 빛 그 자체로 변해 서서히 바스러져 가고 있었다. 이미 오른팔과 하반신은 빛 속으로 녹아들었고 머리와 흉부, 그리고 왼팔만이 원래의 형상으로 남았다.

그 광경은 경이로웠다. 그저 눈에 보이는 광경이 경이로운 것이 아니었다.

"이 얼음 속에서는 시간이 거의 정지한 것처럼 느려져 있습니다."

"네?"

진예는 형운과 같은 것을 보았지만 그 의미를 알지 못했다. 오로지 빙백무극지경에 도달한 자만이 그 진정한 의미를 알아볼 수 있었다.

"평범하게 얼음 속에 자신을 묻으면 육신이 스러지는 것은 막을 수 있겠지요. 하지만 그 영육에 깃든 힘은 그렇지 않았을 겁니다."

신혈이 흐르는 육신이라는 그릇에 깃든 기운도 결국은 시간의 흐름 속에서 흩어졌을 것이다. 그리고 텅 빈 껍데기만이 남았을 터.

백야는 그 사실을 예견했기에 시간 그 자체를 동결시키는 얼음 속에 자신의 주검을 보관해 두었다. 설산의 정기와 빙령의 힘으로 그 권능이 수백 년 후까지 유지되도록 조치해 둔 채로.

그리고 200년의 세월이 지난 후, 그녀는 자신의 주검 일부를 검의 형태로 벼려내어 후손에게 내주었으니 그것이 바로 이자령이 계승했던 신검이었다.

두 사람이 멍하니 백야의 시신을 바라보고 있을 때였다.

─어서 와. 이자령의 제자 진예, 그리고 별의 수호자의 형운.

목소리가 들려왔다.

아름다운 목소리였다. 듣는 것만으로도 다른 것을 잊고 목소리에 주목하게 되는, 그 속의 사소한 울림조차도 음미하고 싶어지는 그런 목소리다.

동시에 그것은 목소리가 아니었다. 실존하지 않는 목소리가 의념의 형태로 정신을 자극하고 있었다.

"백야문의 시조인 백야이십니까?"

─맞아.

백야의 주검으로부터 환영이 일어났다. 생전의 모습을 고스란히 간직한 젊고 아름다운 여성이었다. 눈처럼 아름다운 은발과 빨려들어 갈 듯 깊은 밤하늘색 눈동자를 가진 그녀가 형운과 진예를 차례대로 바라보더니 말했다.

─두 사람에 대해서는 알고 있어. 나는 너희들이 싸우는 것

을 지켜봤거든.

그 말에 형운은 백야가 천결봉의 전투에 대해서 알고 있음을 알아차렸다. 아마도 이자령이 그녀의 영육으로 벼려낸 신검을 쥐고 싸웠기 때문이리라.

백야가 고개를 숙였다.

—미안해. 내 힘이 부족했기에 나와 어머니 사이의 일을 끝내지 못하고 이 시대까지 고통받게 만들었어.

고개를 든 그녀가 형운을 바라보며 말했다.

—그리고 고마워. 형운, 우리는 할 수 있는 모든 것을 준비했지만 어머니는 아직도 인간이 넘을 수 없는 산이었어. 당신과의 인연이 없었다면 백야문은 이미 멸절했을 거야.

"아직 끝나지 않았습니다."

—맞아. 그렇지…….

슬프게 웃은 그녀가 말했다.

—두 사람 안에서 월성이 느껴져. 월성이 먼저 간 모양이구나.

"그분은 당신에게 미안하다고 했습니다."

—…….

"먼저 가서 기다린다고, 다시 만날 수 있기를 바란다고…그렇게 말했습니다."

—그랬구나…….

백야는 허공을 올려다보며 그 말에 실린 감정을 음미했다. 그와의 만남은 200년 전, 그녀의 목숨이 다했을 때가 마지막이었다. 하지만 아무리 세월이 흘러도, 죽음이 닥쳐와도 두 사람의 인연의 실은 질기게 이어져 있었다.

그 시절 이후로 백야도, 월성도 모든 것을 끝내기 위해서 살아왔다. 아니, 삶이 끝나도 안식을 얻지 못하고 계속해서 그 순간을 기다리며 존재해 왔다.

그러나 그들은 살아 있는 존재였으며 그렇기에 유한했다. 월성은 결국 그 순간을 보지 못하고 눈을 감았다. 이제는 백야도 그의 뒤를 따라가게 될 것이다.

한동안 눈을 감고 있던 백야가 말을 이었다.

─무엇이든 해주고 싶지만 이미 목숨이 다한 내가 할 수 있는 일이 얼마 없어.

형운은 그 말이 슬프게 들렸다. 그녀의 삶은 끝없이 희생하는 삶이었다. 설산의 인간들을 해방시키기 위해 자신을 길러준 스승을 잃었고, 그리고 사랑하는 어머니와 피 흘리며 싸워야 했다. 그 결과 설산의 인간들은 자유와 존엄을 얻었지만 백야에게 남은 것은 치유할 수 없는 상처뿐이었다.

만신창이가 된 그녀가 더 이상 가시밭길을 갈 필요는 없었다. 봉인된 성하에 대한 것은 미래의 후손들에게 맡겨두고, 월성과 서로의 상처를 위로하며 스스로의 행복을 구했다 한들 그 누가 그녀를 비난할 수 있었을까.

하지만 백야는 그러지 못했다. 스승에 대한, 그리고 성하에 대한 애정과 죄책감이 망령처럼 그녀의 삶을 지배했으니까.

그녀는 모두를 구원했으면서도 마치 용서받을 수 없는 죄를 저지른 사람처럼 속죄하는 삶을 살았다. 그렇게 사는 것만으로도 부족해서 죽음의 안식조차 거부하고 끝없이 희생하는 길을 선택했다.

'아아······.'

형운은 백야와 월성의 삶이 안타까웠다.

둘은 슬프도록 닮아 있었다. 모두를 해방시켰으면서도 그 대가로 저지른 자신만의 죄에 속박된 채로 수백 년을 고통받아 온 것이다.

─염치없는 부탁이라는 것은 알아.

힘없는 타인을 위해 삶의 모든 것을 희생하고 심지어 죽음마저도 희생한 자가, 그러고도 그들을 구할 수 없음을 통탄하며 애걸해 온다.

─후손들에게 못 할 짓을 했지. 나를 원망하고 비난한다 한들 고개를 들 수가 없구나.

분명 그녀의 말대로다. 그녀가 자신이 태어나 살아간 시대의 비극을 해결하지 못했기에 이 시대의 사람들이 그 대가를 치르게 되었다.

그러나 과연 누가 그녀를 원망할 수 있을까.

백야와 월성의 삶을 본 지금, 형운의 가슴속에는 그들에 대한 원망이 없었다. 힘없는 자들에게 미래를 주기 위해 모든 것을 희생한 그들이 죄인처럼 자책하고 고개 숙이는 것을 보고 싶지 않았다.

형운이 고개를 저었다.

"아니요. 누구도 당신을 비난할 수 없습니다. 아무리 신처럼 위대했다고 해도 당신은 사람이었으니까요. 당신께서는 그 누구보다도 도리를 다하셨습니다."

"조사님이 없으셨다면 우리도 없었을 거예요."

진예가 조용한 목소리로 말했다.

"설산의 사람들은 여전히 요괴들의 먹이로 사육되고 있었 겠지요. 저는 백야문을 모르고, 사부님을 모르고… 그리고 사 저와 사형들을 몰랐겠지요."

진예가 정중하게 예를 표했다.

"우리를 있게 해주셔서 감사합니다."

백야는 아무 말도 하지 않았다. 그저 만감이 교차하는 표정으로 진예를 바라볼 뿐이었다.

형운이 그녀에게 물었다.

"월성은 신검이 이 세상에 남아 있고 진 소저가 그 계승자라고 했습니다. 혹시 신검은 여기에 있는 겁니까?"

―아니.

"그럼 어디에 있습니까?"

―마지막으로 있었던 자리에 여전히 있어.

"……."

형운은 그 말이 의미하는 바를 알아들었다.

이자령과 하나가 된 신검은 지금도 천결봉에 있다. 어쩌면 성하를 가둔 봉인 그 자체가 신검일지도 모른다.

"그렇다면 진 소저가 신검을 계승하는 순간이, 다시금 성하와 결전을 치르는 순간이라는 것이군요."

―그렇게 될 거야.

그 말에 형운이 입술을 깨물었다.

여기까지 오는 동안 최대한 기대감을 갖지 않으려고 노력했다. 지금까지 겪은 일들이 이토록 절망적인데, 이자령이 한번 방문하여 신검을 계승했던 비처에 다시 간다고 해서 이 모든 위기를 극적으로 타파할 만한 기적을 손에 넣을 수 있으리라고 기대하는 것은 너무나도 허무맹랑하지 않은가?

'그래도 이건 너무하는군.'

형운도, 진예도 이미 만신창이가 되었다. 그에 비해 성하는 일시적으로 봉인되었을 뿐 그 힘은 여전히 건재하다.

이런 상황에서 그들은 신검조차 없이 그녀가 봉인된 천결봉까지 도달해야 하는 것이다. 설경과 만설군, 백안 셋이 이끄는 요괴와 마수들을 뚫고서!

과연 천결봉까지 갈 수는 있을지 의문일뿐더러, 설령 기적적으로 도달한다 한들 격전으로 인해 더욱 지친 상태로 연습한 번 못 해보고 신검을 손에 넣어서 결전을 치러야 한다.

현실성이라고는 조금도 없는 계획이었다. 하지만 형운은 애써 울분을 억누르고는 백야의 말을 기다렸다. 냉정하게 판단해 보면 그녀와 월성이 이런 문제조차 생각하지 못했을 것 같지는 않아서였다.

과연 백야가 말했다.

─나는 이자령에게 남겨놓았던 모든 것을 주지는 않았어. 형운, 당신은 그게 무슨 의미인지 이해할 거야.

"설마……."

형운이 한 가지 사실을 깨닫고 얼음 속에 있는 백야의 주검을 바라보았다.

이자령이 계승한 신검은 백야의 영육으로 만들어졌다. 그런데 백야는 먼 훗날을 위해 죽음의 순간에 시간마저 동결시킨 채로 그 영육의 손실을 보존했으면서도, 이자령에게 줄 신검을 벼려낼 때 그 모든 것을 쓰지는 않았다.

─한 번의 패배로 모든 것이 끝나서는 안 되었어. 이자령도 그 생각에 동의했지. 모든 것을 다해도 모자랄 판에 힘을 아끼는 것이 어리석어 보일지도 모르겠지만, 그래야만 하는 이

유가 있었어. 이자령은 빙백의 무극을 보았지만 그럼에도 내 모든 것을 쓸 수는 없었거든.

머리와 흉부, 그리고 왼팔만이 남아 있던 백야의 주검이 완전히 빛으로 화하기 시작했다.

─이자령이 말했지. 사람의 힘이 부족함은 다른 누군가의 손을 잡기 위함이라고. 그녀는 진예 너와 형운 당신을 믿었어. 자신이 목숨을 다해 내민 손을 당신들이 잡아줄 거라고…….

무수한 빛방울들이 마치 꽃이 피어나듯 얼음공동으로 퍼져 나갔다. 슬픈 웃음을 짓는 백야의 모습이 서서히 그 빛 속에 묻혀간다.

─월성, 미안해.

그녀가 속삭이자 형운과 진예의 내면에서 무언가가 꿈틀거렸다. 이미 한번 겪어본 감각이었다. 이연주가 희생했을 때처럼, 두 사람의 안에 담겨 있던 월성의 영육이 빠져나오고 있었다.

─너에게 너무 많은 짐을 지웠지. 나도 너와 같은 시간을 살고, 너와 같은 것을 보고, 너와 같은 이야기를 하고 싶었어.

하지만 그럴 수 없었다.

백야가 자신의 시간을 동결시킨 채로 성하가 깨어나는 때를 대비하는 동안, 월성은 수백 년 동안이나 고독을 감내해야

했다.

　―나는 어머니를 막아야 한다는 명분으로 도망쳤던 거야. 바뀐 세상을 직면하는 게 두려워서…….

　울먹이던 백야의 말이 막혔다. 갑자기 빛 속에서 솟아난 무언가가 그녀의 입을 막았기 때문이었다.

　작고 하얀 설산여우가 앞발로 그녀의 입을 막은 채 고개를 젓고 있었다.

　놀란 눈으로 월성을 바라보던 백야의 표정이 서서히 변화했다. 월성의 입에서는 한 마디 말도 나오지 않았지만, 눈물 짓던 백야의 얼굴에 미소가 떠올랐다.

　―고마워.

　백야는 월성을 끌어안은 채 빛 속으로 사라져 갔다.

　그리고 둘이 사라져 가는 모습을 보던 진예와 형운은, 빛 속에 수많은 사람들의 모습이 나타나고 있음을 알아차렸다.

　"대사저! 서 사형!"

　이연주와 서금척이 서 있었다.

　그들만이 아니었다. 형운이 아는 얼굴도, 모르는 얼굴도 있었지만 형운은 그들 모두가 죽은 백야문도임을 알았다.

　그들은 말이 없었다. 가만히 미소 지으며 서 있다가 하나둘 씩 두 손 모아 인사하고는 사라져 갈 뿐이었다.

　하지만 형운과 진예는 그들의 눈에 어린 신뢰를 보았다. 밤이 지나면 낮이 오는 것을 자연스럽게 여기듯, 자연스럽고 흔들림 없는 믿음이었다.

그들이 하나둘씩 사라지자 주변을 가득히 채웠던 빛도 서서히 사그라져 갔다.

마침내 모든 빛이 사라졌을 때, 백야의 주검은 처음부터 존재하지 않았던 것처럼 흔적조차 찾아볼 수 없었고 그로부터 흘러나오던 빛이 사라지자 공동은 캄캄한 어둠으로 뒤덮였다.

그리고 그곳에서 새로운 빛이 일어나기 시작했다.

제155장
백야문주

성운을
먹는자

1

설산은 고요할 새 없이 요동치고 있었다.

성하가 봉인에 갇히고, 형운 일행이 백야문의 결계 속에 틀어박혔어도 마찬가지다. 설산 곳곳에서는 거듭 소란이 벌어지고 있었다.

성하를 따르는 요괴들과 마수들이 아직 살아남은 인간과 영수들을 사냥하는 일이.

"큭……! 악랄한 놈들!"

설서(雪鼠) 영수 비효는 찍찍거리는 소리와 인간의 언어를 반반씩 섞어서 투덜거리면서 바위 사이의 좁은 틈새를 질주하고 있었다.

슈화아아아악……!

그의 뒤쪽에서는 독안개가 쫓아오고 있었다.

설서 영수인 그는 생쥐보다야 훨씬 크지만 그래봤자 인간이 한 손으로 잡을 수 있을 정도로 덩치가 작다. 그래서 성하가 깨어나고 요괴와 마수들이 인간과 영수를 사냥하기 시작한 후로도 쉽게 남들 눈을 피해서 도망 다닐 수 있었다.

그러나 평소 친분이 있던 영수의 아이들을 구하기 위해서 나선 것이 화근이었다. 그 자리에서는 무사히 빠져나왔지만, 추적 능력을 지닌 요괴가 그의 존재를 포착하고 집요하게 쫓기 시작한 것이다.

찍찍… 찌지지직!

그는 젖 먹던 힘까지 끌어내서 그 틈새의 출구로 빠져나왔다.

"와아아악!"

그리고 빠져나오자마자 무지막지한 눈바람에 휩쓸려서 날아가 버렸다.

천결봉으로 이어지는 주변에는 무시무시한 광풍이 불어닥치고 있었다. 성인 장정도 날아가 버릴 정도의 풍압이니 설서인 비효가 가랑잎처럼 날아가 버리는 것도 당연했다.

'오히려 살았군.'

하지만 비효는 이 바람을 기꺼워했다.

땅을 달렸다면 적들의 추적을 떨쳐내기 어려웠을 것이다. 하지만 약간의 술법을 펼치면서 바람에 몸을 맡기자 그 자신도 예측할 수 없는 방향으로 날아가고 있었다.

그렇게 한참을 날아가던 비효는 추적을 따돌렸음을 확신하고 지상으로 내려가기 시작했다. 그런데 그것은 쉽지 않았다. 바람이 너무 거세서 자기가 원하는 방향으로 이동할 수가 없었던 것이다.

'아, 안 돼! 떨어진다!'

천결봉 주변의 산세는 험하기 그지없었다. 그리고 그 사이사이에 끝을 알 수 없는 협곡들이 있으니, 그것은 마치 거대한 괴물의 입처럼 주변의 기류를 빨아들이고 있었다.

찌이이이이익……!

비효가 비명을 지르며 그 협곡으로 떨어졌다.

'죽는다!'

아무리 설서라서 몸이 가볍다지만 이렇게 가속한 기류에 휘말려서 떨어지면 목숨을 건사할 수 없었다.

퉁! 투둥!

비효는 전후좌우를 분간할 수 없는 상태로 정신없이 떨어졌다. 최대한 방어 술법을 펼치기는 했지만 협곡의 튀어나온 부분에 부딪쳐 튕길 때마다 버티기 어려운 충격이 가해지고 있었다.

'이렇게 죽다니! 아… 그래도 저 빌어먹을 놈들에게 먹히는 것보다야 낫겠구나!'

비효가 체념하는 순간이었다.

난폭하게 내달리던 기류가 거짓말처럼 평온하고 느릿느릿해지면서, 암벽에 튕겨 떨어지는 그의 몸이 감속하기 시작했다.

'뭐지?'

비효는 놀라서 아래쪽을 바라보았다.

그가 술법으로 발하는 빛을 제외하면 까만 어둠만이 가득했던 협곡 안쪽에서 창백한 빛이 흘러나오고 있었다.

'설마 빙령인가? 빙령께서 나를 도우셨나?'

설산 곳곳에 위치한 빙령의 위치를 아는 자는 극소수였다. 비효는 설산에서 백 년 가까운 세월을 살아왔지만 빙령을 직접 만나본 적은 한 번도 없다. 하지만 이런 곳에서 누군가 구원의 손길을 뻗어온다면 그게 인간이나 영수일 것 같지는 않았다.

아래로 내려가면 내려갈수록 빛이 강해졌다. 너무 깊숙한 곳에 있는 데다 협곡의 형태가 불규칙해서 위쪽까지 빛이 미치지 않았을 뿐, 가까이서 보면 눈이 멀어버릴 듯 강렬한 빛이었다.

비효는 어떻게든 눈을 뜨고 상황을 파악하려고 했지만 안구가 타버릴 듯 아파서 그럴 수가 없었다. 그래서 눈을 감으려는 순간 무언가 의미심장한 것이 보인 것 같았다.

'음?'

그가 그것이 무엇인지 판단하기 전, 빛 속에서 새하얀 손이 뻗어 나와 그를 잡아챘다.

찌이이이이이익!

놀란 비효의 비명은 어디에도 닿지 않고 협곡 속에 묻혀 버렸다.

2

쿵……!

굉음이 울리며 미미한 진동이 그 자리를 덮쳤다.

쿠웅……! 쿵……!

굉음은 한 번으로 그치지 않았다. 일정한 시간 차를 두고 끊임없이 이어지고 있었다.

그것은 산처럼 거대한 얼음덩어리가 날아들어 결계를 때리는 소리였다. 결계가 없었다면 백야문 전체를 붕괴시키기도 남았을 충격이 끊임없이 이어지고 있었다.

공격을 가하는 것은 설경이었다.

—너희들은 이 설산의 오물이다.

증오와 분노로 가득한 설경의 목소리가 눈바람을 타고 울려 퍼졌다.

—언제까지 그 더러운 삶을 이을 수 있을 것 같으냐? 너희들이 믿는 방벽도 결국은 무너지고 말 것이다!

성하가 봉인당하자 설경은 분노로 미쳐 날뛰고 있었다. 그는 성하가 깨어나면 그 분노를 감당할 각오를 하고 백야문의 결계를 부수기 위해 공격을 거듭했다.

하지만 빙령이 자아내는 결계는 그가 예상하는 것보다 더 단단했다. 이것을 힘으로 깨부술 수 있는 것은 성하뿐, 의식의 힘을 나눠 받을 때라면 모를까 그렇지 못한 상태에서는 설경조차도 쉽게 부술 수가 없었다.

그래도 설경은 멈추지 않았다. 그는 계속해서 거대한 얼음을 던져서 결계를 공격했고, 그렇게 부서진 얼음조각들로 결계의 표면을 덮어갔다. 결계의 표면이 남김없이 얼음으로 덮이게 되면…….

"이 넓은 공간 속에 있는 사람들을 질식시켜 몰살시키려고 하다니, 상상도 못 할 짓을 하는군."

설경의 의도를 읽은 자혼이 중얼거렸다.

그는 성하에게 적대한 자들이 결계 속에서 서서히 말라 죽어가는 것조차 용납할 수 없었다. 그렇기에 결계가 뒤덮은 백야문의 영역 전체를 얼음벽으로 폐쇄함으로써 그들을 질식시키려고 하는 것이다.

"어차피 그 전에 다들 굶어 죽을 판인데, 중오가 지나쳐서 쓸데없는 짓을……."

한서우가 쓴웃음을 지었다.

백야문도들은 지금 이 순간에도 하나둘씩 죽어가고 있었다. 먹을 것이 없어 굶주린 데다 이제는 건물 안을 데울 장작조차도 바닥났다. 그들이 워낙 추위에 익숙하고 빙백설야공이 한기를 받아들이면서 수련하는 무공이기 때문에 버틴 것뿐, 기력이 쇠하고 내공이 바닥난 자들은 언제 동사해도 이상하지 않은 상황이었다.

당연히 백야문도들은 두려워하고 불안해했다. 그러나 그것을 내색하지 않고 자신의 처소에 처박혀 있었다.

그것은 그들의 정신력이 초인적으로 강인해서가 아니다. 이제는 비명을 지르거나 공황에 빠져서 어디론가 달아날 힘마저 없어서였다.

파멸은 눈앞에 있었다. 오랫동안 절망의 늪에 잠겨 있던 그들은 차라리 그 순간이 찾아와 모든 것이 끝나기를 기대하는 마음마저 들었다.

"음……."

머리를 맞대고 형운의 진기 운용법에 대해서 연구하던 그들은 문득 기이한 감각을 느끼고 서로를 바라보았다.

"다들 느꼈나?"

거세게 휘몰아치는 설경의 기파 속에서도 뚜렷하게 느껴지는 것이 있었다.

"가봐야 할 것 같아요."

서하령이 앞장서서 백야문의 문주전으로 향하기 시작했다. 가려와 한서우, 자혼도 그 뒤를 따랐다.

곧 문주전에 도착한 그들은 예상치 못한 광경을 보았다.

"어떻게 된 겁니까?"

서하령이 놀라서 물었다.

문주전에는 주미령을 비롯해서 일곱 명이 모여 있었다.

그리고 그중 네 명의 숨이 끊어져 있었다.

죽은 자들은 살해당한 것이 아니었다. 네 명 다 나이 든 장로들이었는데 가부좌를 틀고 앉은 채 평온한 얼굴로 죽어 있었다.

주미령이 그들을 돌아보았다.

"금척이가 보여준 길을 따르셨습니다."

도무지 의미를 알 수 없는 말이었다. 그러나 서하령은 왠지 더 설명을 요구하지 않아도 이해할 수 있을 것 같았다.

그들 앞에 눕혀져 있던 서금척의 시신이 빛방울로 화해 부스러져 가고 있었다. 그리고 그 빛방울이 문주전 깊숙한 곳을 향해 날아간다.

그들이 보는 앞에서 죽은 장로들의 몸 역시 빛방울로 화하여 서금척의 주검과 똑같은 현상을 일으켰다.

"몹쓸 사람들 같으니."

주미령의 곁에 있던 장로가 혀를 찼다.

"곧 따라간다는 말은 하지 않겠다. 벽에 똥칠할 때까지 살면서 애들한테 가르쳐 줘야 할 거 다 가르쳐 준 다음에 가마."

그녀는 투덜거리면서 두 손 모아 죽은 자들에게 작별을 고했다.

서금척은 죽음이 가까워졌을 때 이해할 수 없을 정도로 영감이 예리해졌다. 그는 그 영감을 통해 알게 된 일들을 전부 이해하지는 못했지만 이자령이 어떻게 되었는지, 그리고 자신이 무엇을 했는지에 대해서만은 확신을 갖게 되었다.

그가 자결한 것은 자신의 영육을 최대한 온전히 보존하여 신검을 키우는 양분으로 제공하기 위해서였다.

마침내 때가 되어 서금척의 주검이 빛방울로 화해 부스러지기 시작했을 때, 이 자리에 모인 자들은 그가 죽음을 앞두었을 때와 같은 경험을 했다. 마치 서금척이 말을 걸어오기라도 하는 것처럼 그의 죽음에 얽힌 진상을 직감적으로 알게 된 것이다.

모든 것을 알게 된 장로들은 자신이 해야 할 일을 결정했다.

그들은 어차피 오늘내일 안에 죽을 운명이었다. 강한 정신력으로 버티고 있을 뿐, 그들의 육신은 이미 한계를 넘은 지 오래였으니까.

물론 그 죽음이 확정된 것은 아니었다. 어쩌면 그들의 목숨이 다하기 전에 성하와 다시 한 번 결전을 치러서 승리를 거둘 수도 있을 테니까.

그래도 그들은 그 결과를 가만히 기다리기보다는 서금척의 뒤를 따르는 것을 선택했다.

남은 두 장로는 백야문의 지식을 계승한 자로서 생존자들 중에는 그들을 대체할 자가 없는 인물들이었다. 자신들이 계승한 백야문의 유산을 끊어지게 할 수 없기에 그들은 끝까지 살아남아야만 했다.

주미령이 네 사람을 돌아보며 말했다.

"기왕 오셨으니 함께 기다리시지요. 시간이 얼마나 걸릴지 모르겠습니다만……."

"그리 오래 기다릴 필요는 없을 것 같네요."

주미령은 어떻게 아느냐고 묻지 않았다. 서하령이 진예와 마찬가지로 성운의 기재이며, 성운의 기재끼리는 서로를 느낄 수 있음을 알기 때문이었다.

서하령과 가려, 한서우, 자혼은 각자의 방식으로 죽은 자들에게 경의를 표하고는 그 자리에 앉았다. 그리고 그들이 스러져 가는 것을 지켜보았다.

덜컹…….

시간이 흐르자 저 안쪽에서 문이 열리는 소리가 들려왔다.

바깥에서는 여전히 설경이 공격하는 굉음이 울려 퍼지고 있었지만 다들 문소리와 이어지는 두 사람의 발소리를 똑똑히 들었다.

가까워지는 두 사람을 본 서하령의 눈이 크게 떠졌다.

"형운, 팔이……."

잘려 나갔던 형운의 왼팔이 자라나 있었다. 형운은 그녀를 보며 작게 미소 지어 보이고는 고개를 저었다. 나중에 천천히 설명하겠다는 태도라 서하령은 거기에 대해서 더 말하지 않았다.

진예의 손에는 한 자루 검이 들려 있었다. 언뜻 보면 얼음을 깎아 만든 것 같지만 마치 은은한 달빛을 모아 벼려낸 것처럼 차가우면서도 투명한 소재는 이자령이 계승했던 신검과 똑같았다.

이 자리의 주검들로부터 발생한 빛방울들이 그 안으로 흘러들어 가 찰랑거리는 수면에 반사된 빛처럼 주변을 은은하게 밝혔다. 진예는 그 검을 들어 모두에게 보여주며 말했다.

"이 검은 사조님의 마지막 유산입니다. 또한 모두의 유지가 여기 담겨 있으니……."

진예의 목소리는 떨리고 있었다.

여기까지 오는 길은 그녀에게 너무나 잔혹했다. 사부인 이자령을, 대사저인 이연주, 사형인 서금척을 떠나보낸 지 얼마 되지도 않았거늘 장로들이 자신들의 목숨을 제물로 바쳐 그녀에게 싸울 힘을 준 것이다.

그들의 죽음이 슬펐다. 그들이 목숨까지 버려가며 자신에게 무거운 짐을 맡기는 것이 힘들고 원망스러웠다.

그리고 그들이 다른 문도들을 살리기 위해 기꺼이 자신을 희생한 것이 자랑스러웠다.

"…결코 그 희생을 헛되이 하지 않을 것입니다."

가슴속에 휘몰아치는 감정을 억누르며 말을 마치자 주미령과 두 장로가 서로를 바라보며 눈짓을 교환했다. 서로의 뜻이 같음을 확인한 세 사람은 진예 앞에 한쪽 무릎을 꿇으며 예를 표했다.

"31대 문주 이자령의 제자 주미령, 32대 문주 진예를 따르겠습니다."

"영산장로 서산영, 32대 문주 진예를 보필하겠습니다."

"설검장로 아문, 32대 문주 진예를 보필하겠습니다."

진예를 비롯하여 이 자리에 있는 네 명은 아직까지 살아남은 백야문도 중에 가장 높은 지위에 있는 사람들이었다. 문주인 이자령이 후계자를 결정하지 않고 죽은 이상 새로운 문주를 추대할 권리는 이들에게 있었다.

그렇다고는 해도 실로 갑작스러운 일이었다. 하지만 진예는 당황하지 않았다.

이미 예감하고 있었기 때문이다. 월성으로부터 이자령이 자신을 신검의 계승자로 정했다는 사실을 들었을 때부터 이 순간이 올 것을 예감하고 말았다.

'사부님, 대사저……'

진예는 자신이 백야문주가 되는 것은 상상도 해본 적이 없었다.

철없던 어린 시절에도, 흑영신교와 싸운 후 정신 차리고 무인으로서 정진한 후에도… 그녀는 문주의 자리에 관심도 없었고 자신이 그 자리를 차지하게 될 것이라고는 생각도 하지 않았다. 그 자리는 당연히 대제자인 이연주의 것이며 자신은 나이 먹고 나면 장로가 되어 그녀를 보필하는 미래를 당연시했다.

아마도 모두가 그랬을 것이다. 이 일이 일어나기 전까지만 해도 모두가 그런 미래를 의심하지 않았고, 또 그렇게 되기를 바라고 있었다.

'제가 이런 거 싫어하는 거 잘 아시면서도 이토록 무거운 짐을 남겨주셨네요. 하긴 언제나 그랬죠. 늘 제가 싫어하는 일을 시키시려고 했죠.'

진예는 신검을 들어 올렸다.

'그리고 그건 언제나 올바른 일이었지요.'

그 시절로 돌아가고 싶었다. 올바른 일이라는 것을 알면서도 칭얼거리며 도망칠 수 있었던 그때로.

하지만 이제 도망칠 곳은 없었다. 참으로 고약하고 고결한 사람들이 진예가 도망칠 길을 모조리 막아버렸으니까.

"이자령의 제자 진예는 사조 백야와 선대 문주 이자령의 유지를 이어 32대 백야문주로서 성심을 다할 것을 맹세합니다."

그렇게 백야문은 새로운 문주를 옹립했다.

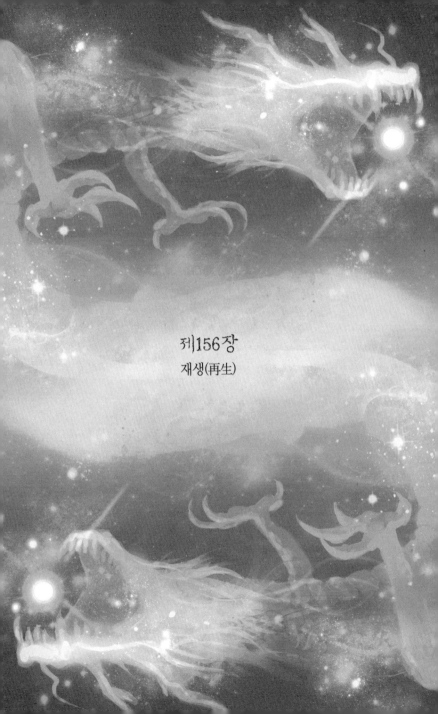

제156장

재생(再生)

성운을
먹는자

1

이제 살아남은 성하의 여덟 수족은 셋이었다. 설경, 만설
군, 그리고 백안.

그들은 백야문의 결계 영역 앞에 위치한 채로 상황을 지켜
보고 있었다.

"무의미한 짓은 그만하지 그러우? 그분께서 깨어나면 분노
하실걸."

만설군이 심드렁하게 물었다.

해가 지고, 사위가 어둠에 휩싸이고, 다시 시간이 지나 슬
슬 동이 터오고 있었다. 어슴푸레했던 주변이 서서히 밝아져

간다.

높은 고도를 날고 있던 설경이 신경질적으로 대꾸했다.

—닥쳐라.

"예이. 거참 성질하고는……."

—속 편해서 좋겠군! 그분이 일시적이라고는 하나 봉인당하셨고 우리 중 다섯이 죽었다! 그런데도 놈들이 살아 있단 말이다!

"우리가 언제부터 서로의 죽음을 슬퍼할 정도로 친했다고 그러쇼? 댁도 그분의 위엄이 손상된 것에 화를 내고 있는 거지 동료가 죽었다고 가슴 아파하는 건 아니면서."

—…….

그 말이 정곡을 찔렀기에 설경은 말문이 막혔다.

만설군이 하품을 하고는 눈빛을 데굴데굴 굴렸다.

"하암. 결계도 다 덮어버렸으면 이제 힘 낭비는 그만하고 놈들이 못 참고 뛰쳐나올 때까지 기다리기나 하자고."

그 말대로 설경은 기어이 백야문의 결계를 얼음으로 덮어버렸다. 분풀이치고는 지나치게 규모가 큰 힘 낭비였다.

"으음. 이제야 좀 살 것 같군. 그 인간 정말 지독했어. 피 맛을 못 본 게 아쉬운걸."

그는 이연주가 펼친 최후의 신검합일을 떠올렸다. 대마수인 그를 상대로 육신을 기화시켜서 파괴하는 공격은 무의미하다. 그렇기에 이연주는 막대한 냉기를 일으켜 그를 공격했다.

하지만 아무리 자기 목숨을 희생했다 한들, 다 죽어가던 이연주가 일으킬 수 있는 힘의 규모는 그리 클 수가 없었다. 그런데도 일순간 만설군을 압도해서 부상을 입힐 정도로 힘이 커졌다.

'분명 월성이었지.'

그때 만설군은 그 속에서 월성의 기척을 느꼈다.

'하지만 놈들이 월성의 영육을 취했다면 그렇게 비실거릴 리가 없는데……'

아무리 쇠약해졌다고는 하나 월성은 설산 최강을 다투는 대마수였다. 그런 존재의 주검을 찾아내 영육을 취했다면 형운 일행의 상태가 그렇게 나쁠 리 없었다.

풀 수 없는 의문이니 그들을 다시 보기 전까지는 놔버리는 것이 좋으리라. 그러나 만설군은 왠지 이 의문이 굉장히 중요하다는 느낌을 받았다. 대마수로서의 영감이 그에게 경고하고 있었다.

"설경."

─뭐냐?

"한 가지 의문이 있어서 그러는데……."

구구구구구구……!

그러나 그 의문을 설경에게 이야기하기 전, 땅이 진동하기 시작했다.

콰직……

그리고 백야문의 결계를 뒤덮은 두꺼운 얼음에 균열이 발생했다.

─결국 못 참고 뛰쳐나오는가.

설경은 놀라지 않았다. 저 얼음은 빙백무극지경의 권능으로 만들어낸 얼음이다. 단순히 충격을 가하는 것만으로 부수려면 엄청난 힘이 필요하니 땅이 좀 진동한다고 해서 균열이 생길 리가 없었다.

안쪽에서 빙백무극지경의 권능을 가진 자가 간섭해서 얼음을 부수고 있다. 그것은 즉 안에 틀어박혀 있던 자들의 인내심이 다했다는 것을 의미했다.

─왕을 잠깐이나마 감금해 뒀으니 해볼 만하다고 여기나 보군.

"흠. 너무 얕보지는 마쇼. 혼마 그자가 이끄는 자들은 별 부상 없이 물러났거든. 그 신검을 왕을 가두는 데 쓰고 있다고 해도 충분히 위협적이우."

"동감이다."

그렇게 말하며 만설군의 옆에 선 것은 백안이었다. 얼음으로 빚어낸 것처럼 보이는 눈이 투명한 빛을 발하고 있었다.

—이미 칼받이를 할 놈들을 불러두었다.

지금 이곳에 대기하고 있는 요괴와 마수만 해도 백 마리를 넘는다. 그러나 설경은 그것으로 만족하지 않고 설산 전역의 요괴와 마수들을 불러들였다.

—지난번 같은 수법은 통하지 않을 것이다.

설경은 그리 말하며 주변에 눈보라 결계를 펼쳤다. 백야문에서 뛰쳐나온 이들이 포위망을 돌파하는 상황을 상정한 것이다.

성하의 봉인은 시간조차 동결시키는 봉인이라 외부에서 그녀에게 간섭할 방법은 봉인 그 자체를 해제하는 것뿐이다. 그렇다고 해도 설경은 적들이 자신들을 돌파해서 성하에게 가는 상황을 허용할 생각이 없었다.

"오는군."

만설군이 이를 드러내며 웃었다. 불꽃 같은 갈기털이 넘실거리며 위협적인 기파가 뿜어져 나오기 시작했다.

콰아앙!

폭음이 울리며 얼음벽이 터져 나갔다.

하지만 모두가 주목한 그곳에서는 아무도 나오지 않았다. 그리고 다음 순간 전혀 예상치 못한 변화가 일어났다.

"저건 뭐야?"

터져 나간 구멍으로 주변 얼음들이 빨려 들어간다. 마치 봄

날 아지랑이 저편의 풍경처럼 일그러지면서 빨려 들어가는 광경은 세상의 이치를 초월한, 공포스럽기까지 한 광경이었다.

구멍은 그대로 놔둔 채로 얼음벽을 이루는 얼음들이 소멸해 간다. 그렇게 삽시간에 수십 장의 면적이 뻥 뚫리고 나자 그 너머의 풍경이 드러났다.

"무슨 짓을 한 거지?"

만설군은 경악을 금치 못했다.

지금은 한겨울이다. 그리고 한겨울이 아니라고 할지라도 설산의 풍경은 늘 눈과 얼음이 있는 것이 당연했다.

그런데 뻥 뚫린 얼음벽 너머로는 눈과 얼음이 존재하지 않았다.

초목도 없고 눈과 얼음도 없는 황량하기 그지없는 풍경이었다. 설산에는 있을 수 없는 풍경 너머에서 한 사람이 걸어 나온다.

한쪽 소매가 잘려 나간 청백색 옷을 입은 청년, 형운이었다.

일순간 정적이 그 자리를 지배했다. 전장을 휘감은 눈보라 결계만이 광포하게 울부짖는 가운데, 모두들 숨 쉬는 것조차 잊고 형운이 걸어 나오는 것을 바라보았다.

형운이 주변을 휘둘러보고는 말했다.

"시작하지."

그리고 그의 몸이 빛으로 화했다.

─무극설원경(無極雪源境)!

순간 그 자리에 있던 모든 이들의 시야가 새하얗게 덧칠되었다.

그리고 광포한 냉기가 그 자리를 휩쓸었다. 가까이 있던 자들은 모조리 얼음상으로 변하고 설풍이 미쳐 날뛰기 시작했다.

콰아아아아!

거대한 빙설의 폭풍우가 그 자리를 지배하는 가운데 그 사이로 얼음여우들이 환상처럼 춤춘다.

─이놈……! 기습으로 한 방 먹였다고 의기양양하지 마라!

형운은 단 한 수만으로 전장의 지배권을 빼앗아 가버렸다.

가까이 있던 요괴들 수십이 죽어나갔지만 설경, 만설군, 백안은 타격이 없었다. 이미 앞선 싸움으로 증명되었듯 설경은 권능을 다루는 데 있어서 형운보다 위다. 지금은 허를 찔렸을 뿐 시간을 들이면 충분히 냉기에 대한 지배권을 되찾아 올 수 있었다.

"하하하! 멋지군! 이제야 월성의 영육을 온전히 취한 건가?"

만설군이 껄껄 웃었다.

그들이 허를 찔린 것은 형운이 나타나기 전에 일어난 괴상한 상황에 눈길을 빼앗겼기 때문이다. 그리고 형운이 하루도 안 되어서 몸을 회복하고 나타날 것이라고는 예상치 못했기 때문이기도 하다.

지금의 형운은 잘려 나갔던 왼팔을 회복한 것은 물론이고 어제 성하와 싸웠을 때보다 더 강한 기운이 느껴졌다. 만설군은 그것이 월성의 영육을 취한 결과라고 추측한 것이다.

─나선유성혼(螺線流星魂)─일수백연(一手百聯)!

형운은 대답 대신 허공에 주먹을 난타하며 소나기처럼 기공파를 쏘아냈다. 청백색 빛줄기가 사방팔방을 폭격했다.

콰과과과과……!

"조심해!"

백안이 경고했지만 만설군은 코웃음을 쳤다.

"흥! 이런 자잘한 공격 따위 수백 발이 날아와 봤자……."

하지만 그 순간 무수한 유성혼 중 한 발이 그의 방어 술법을 뚫었다.

쾅!

유성혼을 일점집중하여 관통력을 배가시킨 기술, 유성추(流星錐)였다.

그리고…….

쫘아아아앙!

시간 차로 날아든 또 한 발의 유성혼이 비틀거리는 만설군에게 명중해서 대폭발을 일으켰다. 유성혼과 동일한 외형에 막대한 기운을 응축해 담는 절기 폭성혼(爆星魂)이었다.

"크아아! 쬐끄만 인간 놈이 감히!"

하지만 만설군은 강건했다. 주변 수십 장을 파괴하는 직격타를 맞았는데도 털이 좀 그을렸을 뿐이다.

—재롱은 여기까지다!

설경이 울부짖었다. 그러자 눈보라 결계 저편에서 막대한 수기(水氣)가 모여들어서 폭발, 막대한 한기파동으로 형운이 지배하는 영역을 침습하기 시작했다.

투두두두두두!

그리고 유성혼 난사를 뚫고 수천 발의 얼음송곳이 날아들었다.

형운이 그새 전개한 얼음여우들이 춤추면서 그에 맞섰지만 규모 면에서는 설경이 위였다. 그리고…….

크허허헝!

만설군이 형운을 맹습했다. 땅을 도약했다고 느낀 순간, 그의 몸이 하얀 불꽃처럼 기화하면서 가속해서 수십 장의 거리를 좁혀왔다. 형운의 운화와는 달리 마치 허상이 된 것처럼 무게와 물질적인 저항을 없애면서 상리를 초월하는 속도를 얻는 능력이었다.

"아니?!"

만설군이 경악했다.

형운이 피하지도 않고 그 자리에서 그의 앞발을 막아냈기 때문이었다.

콰과과과……!

그 여파로 주변의 지면이 터져 나가고 토사가 얼음과 함께 흩날렸지만 형운은 굳건히 버티고 서 있었다. 경악한 만설군의 시선이 형운의 팔을 뒤덮은 얼음에서 기이한 느낌을 포착하는 순간…….

꽝!

형운의 일권이 작렬했다.

지축이 뒤흔들리는 폭음과 함께 만설군이 뒤로 나가떨어졌다. 하지만 형운은 곧바로 추격하는 대신 혀를 찼다.

"빠르군."

만설군은 어마어마한 거구로 믿을 수 없을 정도로 빠르게 움직였다. 형운의 일권이 쏟아지는 순간, 그의 갈기털만이 시간의 흐름을 거스르는 것처럼 빠르게 움직여서 그 앞을 가로막았다.

"이놈! 백야의 권능을 쓰다니, 그사이에 또 뭘 얻은 거냐?"

만설군은 화가 난 건지 즐거운 건지 모를 표정을 짓고 있었다.

신들의 자식으로 태어난 백야는 숨 쉬듯이 자연스럽게 빙백무극지경의 권능을 다뤘는데, 그중에는 성하조차도 이해하지 못했던 영역도 있었다.

"불괴의 얼음을 인간이 다루는 것을 보게 될 줄이야!"

그의 앞발을 막을 때 형운의 팔을 덮었던 얼음이 바로 그것이었다.

만설군이 부른 이름처럼 결코 부서지지 않는 얼음이었다. 물리적 충격으로는 부술 수 없는 그 얼음의 강도를 논하는 것은 무의미하다. 부서지지 않는 이유가 단단해서가 아니니까.

그것은 시간 그 자체를 동결시켜 놓은 얼음이다. 열이나 충격을 가해도 부서지기는커녕 전혀 상태가 변화하지 않는다. 또한 단순히 단단한 방어구로 몸을 둘렀을 때와 달리 이것을 두른 채로 충격을 받을 경우에는 충격 그 자체를 무효화해 버린다.

즉 불괴의 얼음은 이치를 초월하는 무극의 방패였다.

만설군의 기억 속에서 이 권능을 사용했던 자는 단 한 명뿐이다.

설산에 내려온 가련한 신, 백야.

그런데 이제 또 한 명이 늘었다. 그것이 백야처럼 신의 혈통을 이은 존재도 아닌 인간이라는 점을 믿을 수 없었다.

형운은 대답하는 대신 그를 가만히 바라보았다.

서로 노려보고만 있는 것 같지만 공방은 계속되고 있었다.

형운과 만설군은 빙설의 힘으로 서로의 영역을 공격하는 중이다.

그오오오오오!

그때 설경이 울부짖었다. 만설군이 형운을 붙잡아놓은 동안 그의 뒤쪽에서 해일 같은 눈사태가, 하늘에서는 수천의 얼음송곳이 쏟아져 내린다. 비록 성하가 행한 의식의 힘을 나눠받지 못하는 상태라 하더라도 설경의 힘은 재앙과도 같았다.

그러나 그때였다.

"빙백동령파(氷白凍令波)."

진예의 속삭임이 울려 퍼졌다.

그리고…….

콰콰콰콰콰콰!

어느새 허공에 출현해 있던 열두 개의 거대한 얼음기둥들이 터져 나가면서 새하얀 서리가 홍수처럼 쏟아져 나와 설경의 공격을 막아내었다.

2

천지를 집어삼킬 듯한 설경의 공격이 일순간에 봉쇄당했다. 서리홍수가 벽을 쌓듯 눈사태와 얼음송곳의 소나기를 막아내었다.

"아니?!"

만설군이 경악하는 순간, 형운의 뒤쪽에서 한 사람이 홀연히 나타났다. 어둠 그 자체인 듯한 먹빛 기운을 두른 한서우가 쇄도하여 그에게 일격을 먹였다.

"크억!"

한서우는 만설군를 추격하는 대신 기공파를 난사해서 밀어내고는 양팔을 펼쳤다. 그러자 한서우의 그림자가 새카맣게 물들면서 주변으로 확장되어 갔다.

"그나마 진기라도 넘치니 좋군."

한서우는 전신 기맥에 충만한 진기를 느끼며 힘을 발휘했다.

진예가 신검을 계승한 후로도 그들이 결계 안에서 시간을 끌었던 것에는 다 이유가 있었다. 형운이 천공지체의 능력으로 백야문 주변의 음기와 수기를 모조리 빨아들였던 것이다. 결계 안쪽이 눈과 얼음이 없는 황량한 풍경이었던 것은 그런 이유였다.

형운은 그렇게 천공기심에 저장한 기운을 일월성신의 진기로 바꿔서 모두에게 공급해 주었다. 그로써 다들 진기만은 가득 채운 채로 전투에 임할 수 있었으며, 형운도 무극설원경을 다시 펼치기 위한 음기를 비축할 수 있었다.

"자, 추잡한 것들아. 귀를 활짝 열고 들어라."

한서우가 중얼거리자 그로부터 새카만 그림자 같은 형체들이 일어나면서 불길하게 속삭이는 소리가 울린다.

라아아아아…….

노랫소리가 들려왔다.

그리고 파도치듯 투명하게 일렁거리는 기검들이 하늘을 날기 시작했다. 수십의 기검들이 한서우의 주변에 포진하니 그림자로부터 일어난 형체들이 속삭이는 소리가 눈보라 결계 끝단까지 울려 퍼졌다.

소리가 증폭되고 있다. 그것도 터무니없을 정도로.

그리고 흑발을 휘날리는 서하령이 그 한가운데로 걸어 나와서 설경을 노려보며 입을 열었다.

아아아아아아!

해일 같은 노래가 모든 것을 집어삼켰다.

전력을 다해 발한 음공이 한서우가 내면에서 끌어낸, 노래하는 마수의 합창에 의해 일차적으로 증폭, 다시 그 바깥쪽에 포진한 기검들로 인해서 증폭하면서 폭발했다. 이 기검들은 그녀의 기운으로 빚어낸 악기였으며 또한 그녀의 또 다른 목소리와도 같았다.

―이, 이건……!

소리의 해일 속에서 얼어붙었던 요괴들이 터져 나갔다.

백안은 고막이 터져 나가고 오감이 불타 버리는 것 같은 고통 속에서 주저앉았다.

주변을 지배하는 만설군의 권능이 깨져 나가면서 일순간 감각이 마비되었고, 설경조차도 일순간 감각에 과부하가 걸려서 휘청거리며 추락하기 시작했다.

그리고 전력을 다해 소리를 쏟아낸 서하령이 노래를 그치는 순간, 그 뒤쪽에서 눈을 감고 기다리던 형운이 눈을 번쩍 뜨면서 땅을 박찼다. 감각이 마비된 만설군에게 그의 일권이 작렬했다.

꽈아아아앙!

"끄어……!"

그 일격에 만설군의 집채만 한 거체가 허공으로 붕 뜨면서 피를 토했다.

형운이 다음 공격을 가하기 직전, 갑자기 얼음벽이 나타나서 그 앞을 가로막았다.

'젠장! 덩치는 산만 한 놈이 정말 빠르군!'

형운의 일권을 정타로 맞았으면서도 후속타가 들어오기 전에 빙백무극지경의 권능으로 얼음벽을 세우다니, 과연 대마수라 불릴 만했다.

꽈광!

일격으로 박살 내기는 했지만 만설군은 불가사의한 도약력으로 거리를 벌린 후였다. 형운은 즉시 운화로 추격하려고 했지만⋯⋯.

—크아아아아아!

추락하던 설경이 포효했다. 허를 찔리는 바람에 감각에 이상이 발생했지만 그의 권능은 건재했다. 한기파동이 해일처럼 몰려왔다.

순간 형운의 뒤쪽에서 진예가 걸어 나왔다.

—빙백무극검(氷白無極劍).

조용히 휘둘러진 신검이 공간을 가른다. 그 과정에서 검신이 일순간 빛으로 화했다가 원래대로 돌아왔다.

그러자 세상이 둘로 쪼개진다.

세상 전부를 집어삼킬 것 같은 한기의 해일이 둘로 쪼개져 와해되고, 그 너머의 모든 것이 둘로 쪼개져 어긋나는 환상이 보였다. 그리고⋯⋯.

—아, 아아아악⋯⋯!

설경이 고통의 비명을 내지르며 휘청거렸다.

진예가 신검으로 발한 그를 베었다. 그 궤적에 맞은 부분으로부터 거대한 빙괴가 자라나면서 그의 체내를 찌르고 균형을 무너뜨렸다.

순간 한서우의 표정이 다급해졌다.

"지금 몰아쳐라! 힘을 아끼지 말고!"

"하지만 지금 신검의 힘을 너무 낭비하면 성하를 상대할 때……."

"그럴 때가… 젠장! 이미 늦었나! 미리 준비하고 있었군!"

한서우가 모두를 보며 외쳤다.

"형운, 전력으로 방어를!"

다들 한서우가 다급해하는 이유가 예지로 무언가를 느꼈기 때문임을 알아차렸다. 형운은 망설이지 않고 방어막을 펼쳐 일행 전원을 보호했다.

쿠구구구구구……!

그리고 공간이 뒤흔들리며 기상이 급변하기 시작했다.

설경 주변에 용권풍이 생성되면서 빙설과 토사가 빨려 들어간다. 하늘에서 벼락이 치고 눈과 우박이 휘날리는 가운데 설경이 다시 떠오르기 시작했다.

"아, 아아악!"

"키에에에에엑!"

요괴와 마수들의 비명이 울려 퍼졌다.

지금까지 설경은 천재지변에 가까운 현상을 일으키면서도 빙백무극지경의 권능으로 적과 아군을 구분했다. 그런데 지금은 휘몰아치는 광풍이 요괴와 마수들까지도 가차 없이 유린하는 게 아닌가?

'무시무시하군!'

형운 일행도 날아가지 않도록 안간힘을 다하고 있었다. 형운이 무리해서 기공파를 날려봤지만 설경의 근처까지도 못 가고 흩어져 버렸다.

ㅡ왕이시여, 감히 왕의 힘을 쓰는 불경을 저지르는 것을 용서하시옵소서!

설경이 비통하게 외쳤다.

이 무시무시한 현상의 정체를 알아낸 것은 진예였다.

"결계가 해제되면서 그 힘이 흘러들어 가고 있어요!"

설산을 폐쇄하고 있던 거대한 눈폭풍 결계가 와해되고 있었다. 결계를 유지하고 있던 힘의 일부는 설경에게로, 그리고 일부는 천결봉에 봉인된 성하에게로 흘러들어 간다.

형운이 신음했다.

'역시 이게 비장의 패였나.'

어느 정도 예상하기는 했다.

아무리 성하의 힘이 강대해도 저런 말도 안 되는 규모의 현상을 유지하는 데 드는 힘이 부담스럽지 않을 리가 없었다. 따라서 궁지에 몰리면 분명 눈폭풍 결계를 거두어 거기에 소모하던 힘을 비장의 무기로 쓸 것이라고 예상했다.

하지만 설마 성하가 설경에게 그 결정권을 주었을 줄이야.

후우우우우……!

폭풍우가 걷히면서 설경의 모습이 드러났다. 몸길이만도 70장을 넘는 거체가 온통 눈부신 빛을 발하고 있었다. 마치 햇살을 받아 빛나는 얼음덩어리를 보는 것 같은 광채였다.

한서우가 신음처럼 중얼거렸다.

"으음! 천결봉에서 의식의 힘을 나눠 받을 때 이상이군."

지금 설경이 발하는 힘은 그 정도로 어마어마했다. 물론 그 힘 또한 유한하니 시간제한이 있겠지만, 그 힘이 다하기를 기다리는 것은 의미가 없으리라.

─길은 열렸다. 어디 도망치려면 도망쳐 보아라.

명백한 조롱의 의미였다.

설산을 외부와 폐쇄하고 있던 눈폭풍 결계는 사라졌다. 그러나 가만히 놔둬도 죽어가고 있는 백야문도들은 탈출할 수가 없었다.

─바깥의 쥐새끼들은 놓아 보내더라도 백야문만은 흔적도 남기지 않을 것이다.

설경이 진예와 주미령을 향해 말했다. 다른 이들은 다 도망치게 놔두더라도 두 사람만은 기필코 죽이겠다는 의지가 드러나고 있었다.

형운이 그를 노려보며 손가락을 까딱거렸다.

"의미 없이 말을 낭비하길 좋아하는군. 그만 지껄이고 덤벼."

─벌레 주제에 감히 더러운 입을 놀리다니!

"아, 그래. 너와 성하가 인간을 보는 시각이 어떤지는 잘 알았다. 아니, 요괴나 마수도 마찬가지인가? 너희들 눈에는 전부 벌레처럼 보이는 것 아니냐?"

설경 역시 아득한 세월을 살아온 존재이니 인간을 보는 시각은 성하와 비슷할 것이다. 백야처럼 아주 특별한 몇몇 존재들을 제외하면 그냥 다 똑같아 보일 터.

아니, 실은 인간만이 아니라 요괴나 마수를 보는 시각도 마찬가지일 것이다. 개체 하나하나의 차이를 인지하고 그들에게 감정을 이입한다면 성하가 그런 치세를 유지할 수 없었을 테니까.

돌이켜 보면 백야와 성하의 비극은 필연이었다.

예전의 설산에서 성하는 거부할 수 없는 섭리나 마찬가지였다. 그런 존재가 단 한 명의 인간을 특별히 사랑했으니, 그로 인한 모순이 파국을 부르는 것은 당연한 이치였던 것이다.

"결국 우리가 이렇게 말을 나누는 것은 쓸데없는 시간 낭비에 불과하지. 참 슬픈 일이군."

이 순간 형운이 설경을 바라보는 시각은 서금척이 혈빙검을 바라보던 시각과 흡사했다.

상대가 지성을 가졌다고 해도, 같은 언어로 대화할 수 있다고 해도 그것이 이해하고 공감할 수 있다는 의미는 아니다. 말이 통하는 것 같지만 통하지 않는다. 현실에서 서로의 입장이 부딪혀서 목숨을 위협하고 있는 상황에 처했는데도 서로가 바라보는 지점이 너무 달랐다.

그들을 설득하는 것은 불가능하다. 그들은 너무나도 높은 곳에 있기에 자신과 같은 높이까지 올라오지 못하면 대화할 상대로 여기지도 않으니까.

그들에게 인간의 저항은 방목하던 돼지가 자신을 무는 것과 마찬가지다. 돼지를 향해 분노를 쏟아내고 뭐라고 말을 할 수 있겠지만, 그것은 돼지와 소통하기 위함이 아니다. 인간이 돼지의 개체성을 구분하지 않듯 그들도 인간을 구분하지 않는다.

형운은 그 사실이 서글프게 느껴졌다.

"이제는 안다. 백야와 월성이 왜 그렇게 절망적인 선택을 할 수밖에 없었는지……."

월성은 수백 년 동안이나 외톨이였지만 자신이 외롭다는 사실을 몰랐다. 고독함이 숙명이었기에 그로 인한 괴로움조차도 자연스러운 삶의 일부라고 믿었다.

그러나 백야와 함께하는 동안 알아버리고 말았다. 자신이 아무렇지도 않게 짓밟아온 것들이, 자신의 외로움을 달래주고 감정을 나눌 수 있는 대상이었음을 이해하는 순간 그는 돌이킬 수 없는 강을 건너고 만 것이다.

그것은 기연이었다. 성하와 설경이 수천 년을 살아오는 동안에도 만나지 못한 기회가 월성에게 주어졌기에 그는 인간과 공감하는 존재가 되고 말았다.

성하에게도 그런 기회가 주어졌다면 좋았으리라. 그러나 성하에게는 오직 백야만이 특별했을 뿐이다. 그녀는 백야를 통해 인간을 같은 눈높이에서 본다는 것을 상상조차 하지 못했다.

그들의 이야기는 이미 끝났다. 이제는 더 이상 누구도 성하에게 특별한 한 사람이 될 수 없으니, 오래전에 시작되었던 비극을 완결 지어야 할 때였다.

─역시 인간의 오만함은 끝을 모르겠군. 백야의 힘을 빌리니 네 자신이 백야와 동격이 된 것처럼 느껴지느냐? 그게 착각이라는 점을 뼈에 새겨주마.

설경은 만설군이 보지 못한 것을 보았다.

형운이 불괴의 얼음을 다룬 것은 그 자신의 힘이 아니다. 진예의 손에 있는 신검이 그에게도 힘을 빌려주고 있었다.

쿠구구구구구……!

하늘과 땅이 서로 손을 뻗듯이 소용돌이치며 뻗어 나간 기류가 만나서 용권풍이 된다. 모든 것을 휩쓰는 용권풍이 살아 있는 것처럼 형운 일행을 노리고 다가왔다.

"하아!"

형운이 빙백검을 만들어 쥐고는 비스듬하게 심검을 발했다.

그러자 진예가 펼쳤던 것처럼 세상이 두 조각 나는 듯 거대한 섬광이 그어지며 용권풍을 두 동강 냈다. 그러나 그 순간…….

꽈아아아아앙!

천지가 진동하며 한기폭풍이 해일처럼 몰려왔다.

"이런……!"

―뚫고 나와보거라. 아니면 그 속에서 먼지가 될 것이다.

기겁하는 형운을 설경이 비웃었다.

설경은 이미 진예의 일검으로 신검의 힘을 보았다. 그러니 용권풍이 파괴될 것 정도는 예측했다.

그런데도 용권풍을 일으킨 것은 피할 수 없는 함정을 준비했기 때문이었다.

3

꽈콰콰콰콰……!

어마어마한 한기폭풍 앞에서 형운이 전력으로 방벽을 전개했다. 그가 전개한 방벽이 냉기를 막아내고, 한서우가 그 안쪽에 겹쳐서 펼친 방벽이 기류를 차단했다.

공격의 기세가 그치는 순간을 노리던 형운의 눈이 크게 떠졌다.

"좀 전의 빚을 갚아주마!"

한기폭풍 속을 만설군과 백안이 질주하고 있었기 때문이다. 설경은 빙백무극지경의 권능으로 둘만을 이 한기폭풍의 영향에서 자유롭게 만들고 있었다.

마치 눈보라 결계의 힘을 좁은 지점에, 한정된 시간 동안 집중시켜서 수십 배의 효과를 얻는 것과 같다. 이 폭발의 기세가 약해질 때까지는 형운도 움직일 수 없었다.

콰아아앙!

덮쳐온 만설군이 방어막을 두들겼다. 형운의 기맥이 진탕하는 순간, 그 뒤를 쫓아온 백안이 관수로 한 지점을 친다.

그러자 놀랍게도 그의 관수가 방어막을 가볍게 관통했다. 백안은 특유의 능력을 지닌 눈으로 방어막의 취약점을 파악, 설경에게 빌린 빙백무극지경의 권능을 이용해서 팔을 통과시켜 버린 것이다. 광활한 정신을 가진 설경과 특별한 눈을 가진 백안이기에 가능한 연계였다.

팍!

가려가 급히 달려들면서 형운의 몸을 노리는 관수를 막아냈다.

화아아아아악!

그러나 그 순간 한기파동이 터졌다.

"아악!"

가려가 비명을 질렀다.

스칵!

하지만 그 한기파동을 뚫고 달려든 주미령이 백안의 팔을 베었다. 백안이 반쯤 잘라져서 피를 뿌리는 팔을 붙잡으면서 으르렁거렸다.

"제법이군! 하지만 얼마나 버틸 수 있을까?"

설경이 다시금 대규모의 공격을 준비하고 있었다. 이 폭풍이 스러지지 않은 상태에서 2파, 3파가 이어진다면 결국 형운 일행은 무너지고 말 것이다.

그 전에 반격을 모색해야 하는데 접근해 온 만설군과 백안이 퍼붓는 공격 때문에 그럴 여유가 없었다.

문득 진예가 눈을 떴다.

신검의 빛이 강해지기 시작했다.

"잠깐."

문득 한서우가 그녀를 제지했다. 다들 의아해하자 그가 전음으로 말했다.

─곧 기회가 온다. 잠시만 버텨라.

전혀 근거가 없는 이야기였지만 다들 한서우의 말을 받아들였다. 그가 예지로 뭔가를 포착했음을 알아차렸기 때문이다.

─끝내지.

술법을 완성한 설경이 지긋지긋하다는 듯 말했다.

그를 중심으로 휘몰아치던 광풍이 거짓말처럼 사라지고, 하늘과 땅을 잇는 빛의 선이 그어졌다. 그리고 그 선이 마치 다른 세계로의 통로라도 되는 것처럼 형운의 무극설원경의 몇 배나 되는 규모의 한기가 꿈틀거리기 시작했다.

그 힘이 막 빛의 경계를 넘어 쏟아지려는 순간이었다.

서걱.

서늘한 절삭음이 울려 퍼졌다.

천지를 진동시키는 굉음에 비하면 티끌 같은 소리였다. 그러나 이 자리에 있는 모두가 그 소리를 듣고 소름이 돋았다.

"뭐야?"

만설군은 그 소리에서 느껴지는 영력에 전율했다.

그리고 그가 고개를 돌리는 순간…….

콰아아아앙!

설경의 꼬리 쪽에서 강맹한 폭발이 일었다.

ㅡ어, 어떤 놈이……?

그것은 실로 완벽한 암습이었다.

평소의 설경이라면 별 타격 없이 버텨냈을 공격이었다. 그러나 지금은 모든 심력을 집중해 완성한 술법을 막 해방하는 순간이었다. 정체불명의 적은 설경의 심신 모두 무방비 상태가 된 찰나를 기적처럼 포착해서 기습을 가한 것이다.

그 결과 설경의 술법이 깨졌다.

—크으윽……!

그리고 하나의 그림자가 퍼져 나가는 의념의 격류를 가르며 하늘로 솟구쳤다.

그것은 인간의 모습이 아니었다. 길이가 5장(약 15미터)에 달하는 거대한 얼음송곳이 흩어지는 기류를 뚫고 폭발적인 기세로 날아올랐다.

설경이 떠 있는 고도보다 더 위쪽으로 상승한 그 얼음송곳이 급격하게 방향을 틀어 설경을 겨냥했다. 그리고 그 뒤쪽에서 한기가 폭발하면서 급가속, 아직 정신을 못 차리고 있던 설경의 몸에 꽂혔다.

꽈아아아아앙!

설경의 몸을 감싸고 있던 두꺼운 얼음이 깨져 나가면서 얼음송곳이 몸에 박혔다.

크어어어어어어……!

아무리 설경이 거대하다 해도 5장에 달하는 얼음송곳이 꽂히는 것은 마치 인간의 몸에 단도가 꽂히는 것과 비슷했다. 날카로운 것이 살을 깊숙이 찌르는 격통에 설경이 비명을 지르며 몸부림쳤다.

꽈자자작……!

그리고 날뛰는 설경의 몸에 반쯤 박혔던 얼음송곳의 위쪽이 깨져 나가면서 그 속에서 한 사람의 모습이 드러났다.

발끝까지 닿을 정도로 긴, 눈처럼 새하얀 머리칼이 휘날린다. 그리고 앞머리에 가린 눈동자가 시퍼런 빛을 토해내고 있었다. 그가 손을 뻗자 깨져 나가던 얼음송곳의 파편들이 그 위로 집결하여 길이가 3장에 달하는 거대한 칼날을 만들어내었다.

쫘아아아앙!

그것이 얼음송곳을 향해 인정사정없이 내려쳐졌다.

천둥소리 같은 폭음이 울려 퍼지며 얼음송곳이 산산이 깨져 나가고 설경의 몸에서 검붉은 피가 간헐천처럼 치솟아 허공을 자욱한 피안개로 물들였다.

쿠궁……!

그리고 추락하던 그의 거체가 가까이 있던 산을 들이받고 튕겨서 지상을 향해 떨어져 내렸다.

"피해!"

한서우가 비명처럼 외쳤다.

70장에 달하는 설경의 거체는 지상에 추락하는 것만으로도 재앙이었다. 일행은 물론이고 만설군과 백안을 포함한 적들도 전력으로 뛰기 시작했다.

콰과과과과과과……!

지축이 뒤흔들리며 주변 지형이 깎여 나갔다. 눈과 얼음, 그리고 토사가 어마어마한 기세로 솟구쳤다.

'지금이다!'

순간 형운이 눈을 빛냈다.

모두가 전력으로 설경이 추락하는 지점에서 도망치는 가운데, 형운은 오히려 그를 향해 돌진했다. 빙백무극지경의 권능과 능공허도로 유성처럼 날아들던 그가 미칠 듯이 날뛰는 설경 위에 달라붙는 순간…….

―멍청아, 피해!

다급한 전음에 형운은 날아들던 그대로 굳어버렸다.

전음의 내용 때문이 아니라 그 목소리가 준 충격 때문이었다.

화아아아아아악!

잠깐 주의가 흩어진 대가는 컸다.

설경의 전신에서 한기파동이 폭발했다.

'이런……!'

순간 정신이 아찔해졌다.

쾅!

곧바로 이어진 또 한 발의 광선이 형운을 쳐서 날렸다. 나가떨어지는 형운의 기감이 위험신호를 보냈다.

그오오오오오!

설경의 포효와 함께 첫 번째 한기파동보다 몇 배는 거센 한기파동이 폭발한 것이다.

'젠장……!'

형운이 낭패하는 순간이었다. 그 앞을 벼락처럼 가로막는 누군가가 있었다.

콰콰콰콰콰콰……!

얼음장벽을 만들어서 한기파동을 막아낸 그가 형운의 팔을 붙잡으며 말했다.

"기껏 경고해 줬는데 넋 놓고 있으면 어떡해, 멍청아! 이제 와서 초짜 시절 흉내 내냐!"

"……."

하지만 형운은 윽박지르는 상대를 멍청하니 바라볼 수밖에 없었다.

긴 백발을 휘날리는 상대는 바로…….

"…곡정아?"

죽었다고 생각했던 마곡정이었기 때문이다.

4

청륜이 성하의 술법을 지연시키기 위해 자폭했을 때, 마곡정은 죽었다.

아무리 강인한 생명력을 갖고 있어도 그는 인간이었다. 몸의 반절이 터져 나간 채로 극한의 기류에 노출되었으니 즉사

할 수밖에 없었다.

하지만 청륜은 죽지 않았다.

―미안하구나.

그 역시 죽은 몸이었다. 그저 대영수인 그가 죽음에 이르는 과정이 인간과 달랐을 뿐이다.

청륜은 이미 죽음이 확정된 상황에서도 의식을 유지하고, 생명의 빛이 꺼져가는 자신의 몸을 자원으로 이용할 수 있었다. 그는 술법을 펼쳐 죽은 육신에서 빠져나가는 마곡정의 혼백을 붙잡아두고는 까마득한 천결봉 아래로 기나긴 추락을 시작했다.

―나 역시 죽은 몸이기에 가능성을 장담할 수 없구나. 하늘이시여, 부디 이 아이를 살려주십시오.

청륜의 영육이 푸르게 불타오르며 마곡정과 융합해 갔다. 영육이 불타오를수록 의식이 흐릿해져 가던 청륜은 문득 한 가지 사실을 깨달았다.

―빙령… 이 늙은이를 모른 척하시지 않는구려.

천결봉 아래, 깊고 깊은 협곡 밑바닥에서 그를 부르는 빙령의 목소리가 들려오고 있었다.

빙령들의 총의는 이 싸움에서 누구의 편도 들지 않는 것이었지만 빙령 개체마다 조금씩 뜻이 달랐다. 그들 중에는 오랜 시간 동안 설산의 균형을 수호하고 외적으로부터 빙령을 지켜낸 업적이 있는 청륜의 죽음을 안타까워하는 이도 있었다.

─고맙소.

그 말을 끝으로 청륜의 의식이 사라졌다.

빙령이 도와준다면 마곡정의 부활은 더 이상 도박이 아닐 것이다. 그 사실을 확신한 그는 무거운 마음의 짐을 덜고 눈을 감을 수 있었다.

그리고 협곡 밑바닥에 떨어진 마곡정은 빙령의 도움으로 청륜의 영육과 융합, 파괴된 육체를 재생하는 과정을 거쳐 의식을 회복한 것이다.

5

형운이 믿을 수 없다는 듯 마곡정을 붙잡고 물었다.

"어떻게 된 거야? 곡정이 맞아?"

"지금 잡담하고 있을 때냐? 그냥 기적이 일어났나 보다 해."

기파는 다른 사람처럼 변해 버렸지만 마곡정이 확실했다. 긴 백발과 빛나는 눈동자 때문에 인상이 달라 보일 뿐, 얼굴 생김새나 목소리는 마곡정이 분명했다.

그때 마곡정의 어깨, 긴 머리칼에 가려졌던 곳에서 설서 한 마리가 고개를 내밀며 인간의 언어로 말했다.

"넋 놓고 있을 때가 아니오! 또 온다고!"

"알고 있어!"

마곡정이 신경질적으로 대꾸하며 양손으로 도를 잡고 내려쳤다.

콰하하핫!

날카로운 일격이 설경이 쏘아낸 빙결광선을 갈라 버렸다.

투두둥! 투두두두두!

뒤이어 날아드는 한기파동과 얼음송곳들이 마곡정이 펼친 방어막에 막혀서 새하얗게 터져 나간다.

"똥 덩어리 같은 놈이……."

마곡정이 설경을 노려보며 살기를 발했다.

그에게 죽음에 이르는 부상을 입힌 것은 설경이었다. 마곡정은 설경이 자신과 청륜에게 쏟아내던 모멸의 말을 똑똑히 기억하고 있었다. 청륜의 희생으로 새로운 삶을 얻은 그에게 있어서 이 원한은 반드시 갚아야만 하는 숙업이 되었다.

─하룻강아지 주제에 내 뒤통수를 치다니! 편하게 죽을 생각은 버려라!

설경이 격노해서 날뛰었다. 힘의 배분 따위는 신경 쓰지 않고 사방팔방을 폭격하면서 다시금 몸을 띄우기 시작한다.

"어떻게든 사람을 내려다보고 싶어서 안달이 났군. 다시 그런 기분을 만끽할 수 있을 것 같냐? 그렇게는 안 둔다."

마곡정이 이를 드러내며 웃었다. 백발을 휘날리는 그를 휘감은 냉기가 거대한 설표의 윤곽을 그려내고 있었다.

형운이 침을 꿀꺽 삼켰다.

'곡정이는… 인간을 벗어났어.'

형운이 유설과 융합했을 때와는 상황이 달랐다.

당시의 형운은 이미 일월성신이었다. 그리고 빙령의 분신체를 몸에 담았던 경험으로 인해서 빙백기심이라는, 인간으로서의 특성을 유지한 채로 유설과 융합할 수 있는 그릇이 준비되어 있었다.

하지만 마곡정은 원래부터 영수의 피를 짙게 이어받은 영수 혼혈이었다. 그런데 절반 이상 손실된 신체를 청륜의 영육으로 대체하여 복원했으니 인간보다는 영수에 가까운 존재가 될 수밖에 없었다.

"곡정아!"

그의 존재를 알아차린 서하령이 달려왔다. 격렬한 감정이 드러난 표정이었다.

"이 바보! 살아 있었으면 연락을 했어야지! 놀라서 절호의 기회를 놓쳐 버렸잖아!"

"미안. 살아나자마자 달려온 거거든. 그리고 그거 잃어버렸어."

마곡정이 쓴웃음을 지으며 자신의 손목을 보여주었다. 몸 절반을 잃었다가 재생하는 과정에서 진조족의 팔찌를 잃어버린 것이다.

설경이 마구 난사하는 공격을 막아내면서 마곡정이 형운에게 요구했다.

"상황 좀 설명해 봐. 빠르게."

"어……."

형운은 퍼뜩 정신을 차리고는 그 말에 따랐다. 현재 상황의 요점만을 전달하자 그가 형운과 진예를 한 번씩 보고는 말했다.

"두 사람은 곧장 가."

"뭐?"

"이 자리는 나만으로도 충분해. 두 사람은 여기서 힘 낭비하지 마. 그럴수록 승산이 낮아지니까."

"아니, 곡정아. 네가 달라진 건 알겠지만 아무리 그래도……."

"저놈한테 정신이 팔려서 못 알아차렸나 본데, 천결봉의 봉인도 깨지고 있는 중이다."

"뭐라고?"

그 말에 형운과 진예가 깜짝 놀라서 서로를 바라보았다. 진예가 허둥지둥 신검을 잡고 정신을 집중하더니 이윽고 신음을 토했다.

"저, 정말이에요. 이대로 가면 반 시진도 못 버티고 깨질

거예요."

설경이 눈보라 결계를 해제했을 때, 그 힘은 설경에게만이 아니라 성하에게도 흘러들어 갔다. 외부로부터 흘러들어 간 거대한 힘이 서서히 약화되어 가던 봉인의 붕괴를 가속시킨 것이다.

예상치 못한 사태였다. 눈보라 결계가 성하와 설경의 힘이었듯 천결봉의 봉인은 신검의 힘이었다. 봉인이 무너지면 무너질수록 형운과 진예가 얻을 수 있는 힘도 줄어들게 되고, 직접 거둬들이기 전에 깨져 나간다면 결정적인 무기를 잃는 것이나 마찬가지다.

"이제부터는 시간 싸움이다. 그러니까 가. 어차피 두 사람이 여기 있어야 했던 이유는 내가 있으면 해결되잖아?"

마곡정의 지적은 정확했다.

형운과 진예가 이곳에 있어야 하는 이유는 이곳이 설산이며, 설경과 만설군이 빙백무극지경의 권능을 다루는 존재이기 때문이다.

저들과 맞서기 위해서는 아군 중에도 최소한 한 명은 빙백무극지경의 권능을 다루는 이가 있어야 했다. 그렇지 않으면 백야문도인 주미령은 몰라도 한서우, 자혼, 가려, 서하령은 제대로 힘을 발휘하지 못할 테니까.

그렇기에 일행은 성하의 봉인을 회수하기에 앞서 설경과

만설군, 백안을 끝장내려고 했다.

하지만 이제는 상황이 변했다. 청룡과 융합한 마곡정은 인간일 때 자신을 가로막던 한계를 뛰어넘어 빙백무극지경의 권능을 얻었다.

"…또 죽으면 안 된다."

형운이 마곡정의 눈을 똑바로 바라보며 말했다. 그러자 마곡정이 씩 웃으며 주먹으로 형운의 가슴을 쳤다.

"내가 그래도 네가 청해군도에서 그랬던 것보다는 훨씬 짧게 누워 있지 않았냐?"

"치사하게 옛날 일 끄집어내기냐."

형운은 투덜거리고는 진예와 눈빛을 교환했다. 진예가 일행 모두에게 예를 표하며 말했다.

"뒷일을 부탁드리겠습니다."

그리고 그녀가 신검을 들어 올리자 그로부터 눈부신 빛이 쏟아져 나왔다.

그 빛이 자신을 감싸자 형운은 저 멀리, 눈보라 때문에 흐릿하게 보이는 천결봉을 노려보며 운화했다.

—아니?!

사방팔방을 폭격하고 있던 설경이 깜짝 놀랐다. 형운의 운화는 그 자신만이 아니라 진예까지도 함께 운화시켰고, 한순간에 500장(약 1.5킬로미터)을 넘는 거리를 뛰어넘어 버렸기 때문이다. 설경이 미처 손쓸 기회도 없이 둘은 연속적으로 운화해서 천결봉으로 다가갔다.

—이놈들……!

"한눈팔 시간 없을 텐데?"

마곡정이 살기등등한 웃음을 지은 채로 얼음의 도를 만들어 쥐었다. 그리고 차분하게 심호흡을 한 다음 휘두르자 얼음의 도가 빛으로 화하며 심도(心刀)를 발했다.

—빙설무극도(氷雪無極刀)!

대영수인 청륭은 의지만으로도 육신의 기화와 육화를 통제할 수 있었다. 그런 능력이 없었다면 자신의 영육을 마곡정과 융합시키는 것은 불가능했다.

또한 그는 빙백무극지경의 권능을 갖고 있었다. 그리고 그것은 눈과 얼음, 더 정확히 말하자면 수분에 대해서는 기화와 물질화를 자유자재로 행할 수 있다는 의미였다.

마곡정은 청륭과의 융합으로 그 두 가지 능력을 모두 손에 넣었다. 형운이 일월성신을 이루면서 갖게 된 능력들이 그러하듯 그것은 기술이라기보다는 기능에 가까웠다.

즉 그는 무인으로서 도달한 경지와는 상관없이 심상경의 절예를 모방할 수 있게 된 것이다.

아직은 완벽하지 못하다. 빙백무극지경의 권능을 이용하는 것이기에 얼음으로 만들어낸 무기로만 심도를 펼칠 수 있었고 구현할 수 있는 심상도 극히 제한적이었다.

하지만 그의 앞을 가로막던 벽은 무너졌다. 이제는 연구와 훈련을 통해 통달하는 일만 남았을 뿐이다.

콰콰콰콰콰……!

마곡정이 펼친 심도는 설경을 공격하기 위함이 아니었다. 바로 앞을 베는 그 궤적으로부터 냉기가 폭발했다.

"큭……!"

모습을 감춘 채로 다가오던 백안이 거기에 맞아서 나가떨어졌다.

크허허헝!

그리고 덩치에 어울리지 않게 같이 모습을 감추고 있던 만설군 역시 모습을 드러냈다.

그가 마곡정을 노려보며 말했다.

"청룡의 마지막 작품인가. 확실히 지난번하고는 다르군."

"할아버지는 널 알고 계셨지."

청룡과 융합했기 때문일까, 마곡정은 원래 알지 못했던 지식이나 감정을 떠올리고는 했다.

인간으로서는 두려워할 일이다. 자신의 자아가 침식당할 위험이 있으니까.

하지만 마곡정은 거기에 대해서 깊게 고민하지 않기로 했다. 새로운 삶을 얻는 대가로 청룡의 잔재를 받아들여 자신의 성품이 변화한다면, 그 정도는 마땅히 치러야 할 대가라고 받아들인 것이다.

"월성이 당신에게 전해달라고 한 말이 있었던 모양이야."

"뭐라고?"

"애석하게도 너는 스스로가 고독하다는 사실조차 모르기에 자신을 이해할 수 없을 것이다……. 그게 언젠가 네가 던진 질문에 대한 답이라고 하더군."

"……."

만설군은 별 해괴한 소리를 다 듣겠다는 표정을 지었다.

그의 반응을 본 마곡정이 쓴웃음을 지었다. 월성이 청륜을 보며 했던 말이 환청처럼 귓가를 맴돌았다.

'나는 예전부터 네가 정말로 부러웠다. 부디 오래오래 살거라.'

'나도 이제 제법 오래 살았소만.'

'그렇군. 이젠 더 이상 애송이가 아니지. 그래도 더 오래 살거라. 내가 살아온 것보다 더 오래…….'

월성은 청륜을 통해 대리만족을 느끼고 있었다. 청륜이 인간과 원한이 아닌 신뢰로 관계를 맺고, 더 나아가 인간 여성과 맺어져 후손을 낳는 것을 진심으로 축복하고 응원해 주었다.

'좋은 시절이었지.'

청륜은 과연 자신의 좋은 시절이 월성에게도 좋은 시절이었을지 확신하지 못했다. 그저 정말로 그러했기를, 그 시절 자신의 삶이 수백 년 동안 고독하게 고행을 계속해 온 월성에게 자그마한 위안이라도 주었기를 바랄 뿐이었다.

마곡정은 청륜의 감정을 가슴에 묻으며 말했다.

"네게 해줄 말은 그걸로 끝이다. 그럼 이제 서로 할 일이나 하지."

콰과과과과과……!

순간 먼 곳에서 굉음이 울려 퍼졌다.

다들 격렬한 전투 상황인데도 불구하고 행동을 멈췄다. 서로의 움직임에서 눈을 떼지 않으면서도 감각은 굉음의 진원지로 향해 있었다.

천결봉 정상에 피어 있던 얼음꽃이 부서지면서, 설경을 압도할 정도로 거대한 요기가 해방되었다.

제157장
이어짐

성운을
먹는 자

1

마치 백일몽을 꾼 것 같은 기분이었다.

성하는 자신을 동결시켰던 봉인의 얼음이 사라진 것을 느끼며 눈을 떴다.

휘이이이이……!

격렬한 바람 소리가 귓가를 파고들었다.

봉인에 갇혔다 풀려난 것은 성하의 의식으로는 그야말로 찰나와도 같다. 그렇기에 한순간에 변해 버린 주변 상황은 지독한 이질감을 선사했다.

그러나 성하는 당황하지 않았다. 과거에 두 번이나 겪어본 일이기 때문이다.

'길지는 않았군.'

그녀는 정신이 아닌 육신을 통해서 시간이 얼마나 흘렀는지 파악했다. 봉인당하기 직전에 예상했던 것처럼 그리 길지 않은 시간이었음을 알 수 있었다.

"처음부터 이럴 속셈이었구나."

그러나 그동안 일어난 변화는 컸다.

"나를 봉하고 내 수족들을 잘라냈으며……."

성하는 여덟 수족 중 셋만이 살아남았다는 사실을 알고 탄식했다.

"또다시 그 아이의 죽음을 능멸하였구나."

성하가 진예의 손에 들린 신검을 노려보며 분노를 드러냈다. 그녀는 이자령이 들었던 것보다 훨씬 강력한 힘을 뿜어내는 그 검을 보는 순간 전후 사정을 이해했다.

"얼마나 더 죄업을 쌓아야 만족할 셈이냐?"

"우리와 너, 한쪽이 사라져야만 끝나겠지. 네가 먼저 시작했어."

진예가 서늘한 분노를 토해내며 말했다.

이 대화가 무의미하다는 것을 안다. 형운도 알고 그녀도 알았다.

그럼에도 말하지 않고서는 견딜 수 없었다.

성하가 진예를 노려보았다.

"사실을 왜곡하지 마라. 시작한 것은 인간이다."

"아니, 너야. 왜냐하면 네가 말하는 사람들은 모두 오래전에 죽었으니까."

이 순간 진예는 성하를 보고 있지 않았다. 신검에서 느껴지는 죽은 자들의 의념에 만감이 교차하고 있었다.

"인간이 어제의 하루살이와 오늘의 하루살이를 똑같이 보듯 네게는 먼 옛날의 인간과 우리가 똑같아 보이겠지. 하지만 아니야. 네가 틀렸어."

진예는 또박또박 말하며 성하를 노려보았다.

"먼저 시작한 것은 너야. 너는 한 번도 우리를 보지 않았어. 아니, 그러기는커녕 이 시대 자체를 보지 않았지!"

진예의 목소리에 울분이 묻어 나왔다.

이제는 안다. 왜 이 모든 비극이 발생했는지.

성하는 단 한순간도 이 시대를 살지 않았다.

그녀의 의식은 먼 옛날, 백야와 싸워 봉인당한 순간 멈춰 버렸다. 200년 전, 그리고 이 시대에 다시 깨어났으면서도 그녀는 한 번도 현재를 살아가려고 하지 않았다. 과거에 속박된 망령이 되어 그 시절의 분노와 슬픔을 각각의 시대에 토해냈을 뿐이다.

진예는 그 사실을 참을 수 없었다.

분명 백야문은 백야의 후손들이다. 백야로 인해 설산의 인간과 영수들이 자유와 존엄을 얻었으니, 그녀라는 뿌리로부터 자라난 백야문도들은 그녀의 업을 계승할 의무를 가졌다.

하지만 이건 대체 뭔가.

차라리 정말로 감정 따위 없는 재해였다면 모르겠다. 하지만 성하는 슬픔과 분노를 아는 존재였다. 분명 그들에게 고통을 안겨주고 살해하기까지 하는데, 그 감정을 일으킨 것은 그들이 아니며 심지어 그 감정이 그들을 향해 있지도 않다. 아득한 과거의 일로 비롯된 감정을, 자신의 기억 속에만 남아 있는 과거의 존재들을 향해 쏟아내면서 현세의 존재를 파괴한다.

즉 백야문은 성하에게 온전한 존재로 인식되는 것조차 실패한 것이다.

과거와 현재를 분간하지 않는 존재의, 인간 개개인을 구분하지 않는 화풀이 때문에 백야문도들은 비참하고 절망적인 죽음을 맞이했다. 진예는 소중한 사람들이 희생되어야 했던 이유가 고작 그런 것이었음을 납득할 수가 없었다.

"…반드시 알려주겠어."

진예는 눈물 맺힌 눈으로 성하를 노려보았다.

"네가 죽인 사람들이 네가 화풀이로 죽여도 될 정도로 하찮은 존재가 아니었다는 것을."

"역시 인간이란 참으로 뻔뻔한 족속이구나."

그러나 성하는 어이없다는 듯 한숨을 쉴 뿐이었다.

"너희들이 그때의 인간과 다르다고? 웃기는 소리! 똑같은 것들이다! 스스로의 힘으로는 아무것도 못 하는 버러지 주제에 자신의 안락함을 위해 그 아이를 희생시킨 것들! 네 손에 들려 있는 그 검은 누구의 죽음을 능멸하여 얻은 것이더냐!"

답답하고 공허한 대화였다. 양쪽 모두 서로를 향해 격렬한 감정을 쏟아내지만, 결코 서로의 마음에 닿지 못한다. 그저 일방적으로 자신의 감정을 쏟아낼 뿐 소통은 이루어지지 않았다.

"진 문주님."

형운은 진예를 돌아보지 않고 성하에게 시선을 고정시킨 채로 말했다.

"이제 끝내지요."

"…네."

진예도 형운이 느끼는 공허함과 서글픔을 이해했다.

그들이 보고 있는 것은 망령이다. 먼 옛날에 끝나 버린 망집을 포기하지 못하고 재앙이 되어버린 신화의 그림자.

우우우우우우……!

신검이 울음을 토해내기 시작했다.

2

성하 역시 두 사람과의 대화가 무의미한 시간 낭비에 지나지 않는다고 여겼다. 그럼에도 들끓는 감정을 쏟아낼 기회를 지나칠 수 없었을 뿐이다.

결국 마음의 문제였다. 설령 이성적으로는 더없이 올바른 답이라고 하더라도 마음이 만족하지 못한다면 그것은 결코 답이 될 수 없다.

성하가 차가운 숨결을 뱉어내며 말했다.

"제법 현명한 계획이었다는 것은 인정하지."

초전 때 성하는 의식의 힘으로 시간을 거슬러 전성기의 힘을 되찾았다. 또한 곁에는 설경이라는 최강의 조력자가 있었다.

그러나 이제 성하는 더 이상 시간을 거스를 수 없었다. 의식의 힘은 산산이 흩어졌고 그녀는 다시금 이 시대에 깨어났을 때의 상태로 돌아왔다. 그리고 설경마저도 멀리 떨어진 곳에 발이 묶여 버렸다.

"그 아이의 죽음을 능멸하는 것만으로는 부족하니 인간의 영육을 제물로 바친다. 버러지 같은 인간의 몸 하나로는 그 힘을 감당할 수 없으니 둘이 감당케 한다……. 참으로 치밀하게 쌓아 올렸구나."

성하는 한눈에 형운과 진예가 신검의 힘을 공유함을 알아보았다.

월성이 자신의 영육을 나누어 담아준 것은 그런 이유였다. 백야가 백야문도가 아닌 형운에게도 신검을 사용할 권리를 부여할 명분을 만들어주기 위해서.

이자령은 신검의 힘을 감당하지 못했다. 하물며 그녀의 희생으로 더욱 강해진 신검의 힘을, 이자령의 경지에 이르지 못한 진예가 어찌 감당할 수 있겠는가.

그러나 그녀 혼자가 아니라 형운과 공유한다면 가능한 일이었다.

이 순간 두 사람이 발하는 권능은 초전 때 이자령과 형운, 청륜을 합친 것을 훨씬 능가하고 있었다.

"하지만 그것만으로 승산을 보았더냐? 그 오만함을 꺾어주겠다."

성하의 눈이 빛나며 돌풍이 일어났다. 형운과 진예 역시 돌풍으로 맞서는 순간, 사방에서 수백 수천의 얼음송곳이 나타나서 그들을 덮쳤다.

콰콰콰콰콰……!

그리고 광범위한 한기파동이 연속적으로 폭발했다.

―빙백무극검!

진예는 심검을 발해서 그 모든 것을 갈라내었다. 세상 전체를 둘로 가르는 듯한 일검이 재해에 가까운 공격을 끊었고, 뒤이어 형운이 사방으로 확장시킨 광풍혼이 얼음송곳의 소나기를 막아냈지만…….

쉬쉬쉬쉬쉬……!

그 사이로 기다렸다는 듯 수십의 얼음검들이 날아들었다. 빙백검과 똑같은 외형을 지닌 검들이었다.

"조롱하는 거야?"

진예가 분노했다. 이 상황에서 성하가 굳이 저런 얼음검을 만들어 날린 것이 조롱으로밖에 보이지 않았기 때문이다.

그녀는 즉시 빙설백검을 펼쳐서 맞섰다. 신검의 힘이 발휘되면서 순식간에 백 자루에 달하는 빙백검들이 형성되어 성하의 얼음검 무리와 부딪쳤다.

다음 순간, 형운과 진예가 경악했다.

"이럴 수가!"

백야문에서 최후의 일전을 준비하면서 그들은 온갖 상황을 상정하고 대응책을 궁리해 두었다.

성하에 대해서는 초전을 통해 충분히 파악했다. 그때의 정보를 토대로 최악의 상황에도 대비했는데…….

파파파파파!

하지만 성하가 만들어낸 얼음검이 마치 노련한 검사가 쥐고 휘두르는 것처럼 현란한 기교를 펼치며 공격해 오는 상황은 상상도 하지 못했다!

"어떻게 당신이 빙백설야검을……?"

진예는 동요를 금치 못했다.

성하의 얼음검이 보여주는 움직임은 너무나도 익숙했다. 진예가 펼치는 빙백검의 운용과 거의 똑같은, 빙백설야검의 움직임이었던 것이다.

성하가 무심하게 대답했다.

"죽은 자의 영혼을 안에 담는 것이 너희들에게만 가능한 일이라고 여겼느냐?"

설하가 날린 얼음검의 수는 진예의 빙백검보다 두 배 가까이 많았다. 기술적으로는 진예가 위였으나 물량 차가 심한 데다가 의표를 찔려 동요하는 바람에 순식간에 압도당하고 말았다.

"큭……!"

형운이 신음하며 진예의 앞을 가로막고 기공파를 난사했다.

콰콰콰콰쾅! 콰콰쾅!

날아들던 얼음검들이 폭발하면서 새하얀 파편들이 흩날렸다.

'여덟 수족이 죽으면 그 권능 일부를 계승하는 것도 가능했던 건가!'

형운은 성하가 보여준 얼음검의 운용이 혈빙검의 영혼으로부터 비롯되었음을 알아보았다. 성하와 여덟 수족 사이에 존재하는 술법의 힘은 두 사람이 추측한 수준을 초월했던 것이다.

"혈빙검의 존재는 축복이었다."

술법을 쓸 수 있는 요괴는 얼마든지 있다. 인간과 비슷한 형태의 육체를 갖고 무술을 구사하는 요괴도 그리 드물지 않다.

그러나 혈빙검처럼 인간의 무공 그 자체를 숙원으로 삼는 요괴는 지극히 희귀했다. 인간이 마공을 연마한 끝에 요괴가 되거나 혹은 무공에 대한 상상을 초월하는 집착이 요괴화를 부르는 경우가 흔할 수가 있겠는가?

게다가 설산에 제대로 된 무공의 뿌리가 발생한 것은 500년 전의 일이다. 그 무공의 종사가 조유진과 그 진전을 이은 백야였으니, 그들과의 파국 이후로 거의 대부분의 시간을 잠들어 있었던 성하가 인간의 무공을 제 것처럼 쓰는 혈빙검을 여덟 수족의 일원으로 삼은 것은 기적이라고밖에 부를 수 없는 일이었다.

"혈빙검을 얻음으로써, 또한 인간의 손에 잃음으로써… 나는 인간의 무기를 내 것으로 하였느니라."

그 무기가 무엇인지 물을 것도 없었다.

"백야문은 사라질 것이다. 그러나 그 아이로부터 비롯된 기예만은 내 안에 남을 것이니… 이것을 슬퍼해야 할지 기뻐해야 할지 알 수 없구나."

현란하게 춤추는 빙백검의 수가 계속해서 불어났다. 진예가 진땀을 흘리기 시작했다.

─형운 공자! 조금만 버텨주세요!

자칫하면 처음 압도당한 순간 승부가 끝나 버릴 수도 있었다.

그러나 진신무공을 모방당해 동요한 진예와 달리 형운은 놀랄지언정 흔들리지 않았다. 그가 신들린 움직임으로 날아드는 얼음검들을 부수고 그 여파를 받아내었기에 진예가 정신을 수습할 틈을 얻을 수 있었다.

다시금 형성된 진예의 빙백검들이 성하의 얼음검들에 맞서간다.

"무의미한 발악을 하는구나. 분명 너는 나보다 정교하겠지. 그러나 그것만으로 극복할 수 없는 싸움이니라."

휘몰아치는 한기의 격류 너머로 그녀의 눈을 본 형운은 소름이 끼쳤다.

'백 년을 하루처럼 산다는 것은… 순간과 영원의 구분조차 없다는 것인가.'

인간은 새로운 것을 자신의 일부로 삼기 위해서 학습을 필요로 한다. 그것은 충분한 시간과 노력을 필요로 하는 일이다.

그러나 성하는 봉인에서 풀려난 짧은 시간 동안 혈빙검의 기술을 자신의 것으로 만들어 버렸다. 여덟 수족의 일원이었던 자의 영혼을 취하는 것만으로, 성하라는 자아를 전혀 위협받지 않으면서도 필요로 하는 힘을 얻은 것이다. 인간에게는 불가능한 변화였다.

쿠우우우우웅······!

형운을 중심으로 둔중한 소음이 울려 퍼졌다.

중압진이 전개되면서 성하의 빙백검들이 물속에라도 빠진 것처럼 느려진다. 그리고 마치 서로의 시간이 어긋나기라도 한 것처럼 가속한 형운이 느려진 성하의 빙백검들을 모조리 부숴 버리고 역공을 가한다.

아니, 그러려는 순간이었다.

콰아아아앙······!

성하가 날린 일격이 형운의 움직임을 저지했다.

초고밀도로 응축된 빙결의 힘이 중압진의 압력을 가뿐하게 가르고 형운에게 닿은 것이다.

하지만 놀란 쪽은 성하였다.

"불괴의 얼음까지? 그 아이의 권능을 거기까지 끌어낼 수 있단 말이냐?"

형운이 왼팔에 불괴의 얼음을 방패처럼 펼쳐서 그 공격을 막아냈기 때문이었다.

불괴의 얼음은 오로지 백야만이 도달했던 경지였다. 성하조차도 이 권능을 모방할 수 없었다.

"놀랍구나. 과연 해와 달과 별을 한 몸에 지닌 자, 그 잠재력은 빙령의 힘에 기대어 그 아이의 발끝이라도 따라가고자 하는 모방꾼들과 비교할 수조차 없군. 그러나 너는 결국에는 인간이기를 선택하였으니, 결코 인간과 신의 교차점에 섰던 그 아이와 같은 높이에 설 수 없으리라!"

백야조차도 전투에 임할 때 불괴의 얼음을 제한적으로밖에 쓸 수 없었다. 일정 면적을 두르거나 특정한 형상을 만들어서 공격을 방어하거나 상대를 구속하는 용도로 쓰는 것이 한계였다.

형운이 불괴의 얼음을 구현한 것은 놀랍지만, 백야보다 더 능숙하게 쓰지 못하는 한 성하의 예측을 뛰어넘을 수 없었다.

콰콰콰콰콰……!

성하가 한기파동을 발했다. 무수한 얼음가시들이 천결봉 전부를 뒤덮으며 자라나고, 스치기만 해도 얼음상이 되어 부서져 버릴 한기폭발이 연속적으로 터진다. 그리고 그 사이에서 수백 자루의 빙백검이 나타나 춤을 추었다.

―빙백무극검!

진예가 심검을 발하여 정면의 공간을 쪼개놓았다.

하지만 설경의 공격을 막았을 때와는 달리 성하의 공격은 갈라지지 않았다. 흐름이 어긋나면서 기세가 줄어드는 것이 고작이었다.

진예의 표정이 굳었다.

'형운 공자와 내가 힘을 합쳐도… 밀리고 있어.'

지금의 신검은 초전 때 이자령이 들었던 것보다 월등히 강하다. 그리고 형운과 진예 두 사람이 사용자가 됨으로써 그때의 이자령보다 훨씬 더 신검의 힘을 잘 끌어내고 있다.

그런데도 힘으로는 성하에게 밀린다. 그냥 밀리는 정도가 아니라 완전히 압도당하는 수준이다.

지금의 성하가 오랜 시간 동안 봉인당한 여파로 쇠약해진 상태라는 것을 믿을 수가 없었다. 초전 때는 그녀의 진면목을 보는 것조차 해내지 못했다는 의미가 아닌가?

하지만 진예는 절망하지 않았다.

'처음부터 힘으로 이기겠다는 생각 따위는 하지도 않았으니까!'

진예가 제어하는 빙백검들의 움직임이 변하기 시작했다.

빙백검의 물량은 성하 측이 압도적이다. 진예의 빙백검이 백을 헤아리는 데 비해 성하는 그 열 배에 달하는 수가 해일처럼 휘몰아치고 있었다.

수적 차이만으로도 절망감이 들 지경인데 성하의 빙백검들은 빙백설야검의 이치로 제어되고 있기까지 하다. 분명 진예의 빙백검이 훨씬 감각적이고 정교하지만, 그럼에도 압도적인 물량 차이에 충분히 수준 높은 기술이 더해지니 도저히 열세를 뒤집지 못하고 서서히 침몰할 뿐이다.

그런데 변화가 일어났다.

'뭐지?'

성하는 이질감을 느꼈다.

'무슨 짓을 하고 있는 것이냐?'

형운은 전방에서 닥쳐드는 검들을 깎아내며 성하가 간간이 가하는 공격을 불괴의 얼음으로 막아내었다.

진예는 신검의 권능을 제어하여 전방위를 방어하면서 성하와 빙백검으로 겨루었다.

하지만 둘 다 안간힘을 내어 버티고 있을 뿐이다. 성하가 명확히 우위에 선 채 둘을 압살해 가고 있는 형국이었다.

"하나."

그리고 마침내 성하의 술법이 발동한다.

내부로부터 바닷속의 얼음처럼 검푸른빛을 발하는 얼음기둥이 하늘 위에 배치되었다.

초전 때와 달리 설경조차 이 자리에 없지만 상관없다. 술법의 완성을 위해 배치해야 할 얼음기둥의 수가 하나 더 늘었을 뿐이다.

"둘."

두 번째 얼음기둥이 내려오는 순간이었다.

—빙백무극검(氷白無極劍)…….

격렬하게 다투고 있던 두 빙백검 무리에서 세 줄기 섬광이 뻗어 나와 한 지점에서 교차했다.

—백결(百結)!

한 호흡의 천분의 일에 해당하는 찰나의 시간 차를 두고 발한 세 번의 심검으로부터 강맹한 한기가 폭발, 연쇄하면서 위력을 증폭시켰다.

"아니?!"

성하가 경악했다.

그것은 진예의 한 수가 두 번째 얼음기둥을 날려 버렸기 때문만이 아니다. 진예가 신검의 권능과 세 자루의 빙백검을 이용, 이자령의 절기를 재현한 것 때문도 아니다.

그녀가 놀란 것은 진예가 도저히 그럴 수 없는 상황에서 그 일을 해냈기 때문이었다.

진예 스스로가 신검을 휘둘렀다면 모를까, 빙백검들이 성하의 빙백검을 상대로 파괴되는 속도를 늦추는 것만으로도 버거웠다. 그런데 어느 순간 빙백검 일부의 움직임이 믿을 수 없을 정도로 정교해지는 동시에 수십 배로 가속하면서 그런 틈을 만들어낸 것이 아닌가?

'별의 아이라더니 설마 그 짧은 기간 동안 제 사부조차 도달하지 못한 영역에 발을 들인 것인가?'

성하는 혈빙검을 통해 백야문의 무공을 알았다. 그러니 지금 진예가 보여준 한 수가 불가능하다는 것 역시 알 수밖에 없었다.

쉬쉬쉬쉬쉬쉬!

놀라운 일은 거기에서 그치지 않았다.

진예의 빙백검들의 기세가 살아나기 시작했다.

지금까지는 계속해서 밀리고 있었다. 빙백검은 파괴될 때마다 거듭 재생성되었지만, 점유하고 있는 공간은 계속해서 줄어들고 전체적인 수는 감소하기만 했다.

그런데 두 번째 기둥을 파괴한 공격을 기점으로 해서 상황이 반전되었다. 진예의 빙백검이 조금씩이지만 꾸준히 늘어가기 시작했으며, 줄어들었던 점유 공간은 확장되기 시작했다.

'빙백설야검(氷魄雪夜劍) 무상령(無想令)!'

그것은 진예가 윤극성의 천극무상검을 통해 얻은 성과였다.

서하령은 천극무상검으로부터 기검을 구현하는 방법을 얻어 그것을 음공에 접목시켰다. 그리고 진예는 천극무상검이

다수의 기검을 제어하는 묘리를 파악해서 빙설백검의 운용법을 개선했다.

본래 빙설백검은 섬세함보다는 규모에 치중한 기예다. 빙설백검을 다루는 자는 병사를 지휘하는 장수와도 같으니, 빙백검 하나하나를 붙잡고 휘두르는 것이 아니라 무리의 움직임을 세련되게 하는 것을 이상으로 삼아야 한다.

하지만 진예는 천극무상검을 통해 거기서 한발 더 나아갈 수 있는 가능성을 찾아냈다.

양의심공은 아니었다. 빙백설야공은 양의심공의 특성을 담을 수 있는 심법이 아니었으니까.

그녀는 철저하게 천극무상검의 특성만을 파헤쳐서 빙설백검에 접목시켰다. 그것은 빙백검에 의식 일부를 두어 거대한 흐름을 만드는 방법이었다.

빙백검 하나하나에 의지가 깃들어 거대한 흐름을 이룬다. 빙설백검을 펼치는 순간, 진예는 감각만이 아니라 의식도 빙백검의 수와 점유하는 영역만큼 확장되는 것이다.

전체를 관조하면서도 원하는 순간 특정한 지점에서 더 큰 집중력을 발휘한다. 모든 빙백검이 독자적인 의지를 가진 것처럼 움직이진 못하지만 특정한 몇 자루가 한정된 국면 동안 특별한 움직임을 보인다.

단지 그것뿐이지만 빙설백검의 운용은 이전보다 훨씬 기

기묘묘해졌다.

'어떻게 이럴 수가 있지?'

성하는 의문을 참을 수 없었다.

그녀는 몰랐지만 그것은 혈빙검의 영혼을 거둠으로써 발생한 변화였다. 이전의 그녀는 무공을 몰랐고, 따라서 무공에 대한 의구심 때문에 허점을 드러내지는 않았을 테니까!

'이런……!'

진예의 빙백검 무리의 움직임을 살피던 그녀는, 어느 순간 자신이 의표를 찔렸음을 깨달았다.

형운이 거짓말처럼 그녀 앞에 나타나 있었기 때문이다.

'운룡족 흉내는 막았을 터인데 어떻게?'

이미 초전에서 형운의 운화를 보고 그 본질을 파악했다. 그렇기에 운화로 접근당하는 일이 없도록 대비하고 있었다.

그런데 형운은 한순간 빛으로 화하더니 마치 시간을 뛰어넘은 것처럼 완벽한 공격 태세를 갖춘 채로 다가와 있었다.

─무극감극도(無極感隙道)!

감극도의 완성형, 진정한 의미로 시공간을 초월하는 절예가 펼쳐진 것이다.

꽈아아앙!

형운의 혼신의 힘을 다한 일권이 성하의 몸통에 꽂혔다.

3

형운과 진예는 신검을 통해 백야의 기억 일부를 보았다.

그리고 알게 되었다.

백야 이후로 500년이 넘는 세월이 흘렀건만, 백야문의 무공은 아직도 그녀를 따라잡지 못했다는 것을.

백야문의 무공은 조유진에 의해 정립되었고 백야에 의해 일차적으로 완성되었다. 그리고 500년간 꾸준히 발전해 왔으니 무공 자체의 완성도는 쌓인 세월만큼 높아졌다.

그러나 백야는 그런 인간적인 굴레를 초월한 존재였다. 그저 마음먹는 것만으로 이치를 바꾸는 힘을 지닌 자.

백야문의 역사는 백야에게 구원받은 인간이 필사적으로 그녀가 있는 곳까지 기어오르는 과정이었다. 그들이 평생을 갈고닦은 기예를 백야는 그저 상상하는 것만으로도 이룰 수 있었다.

그것은 그녀가 성운의 기재조차 초월하는 천재였으며, 또한 인간이 아득한 이상으로 여기는 무극을 숨 쉬듯이 자연스럽게 행하는 존재였기 때문이다. 인간이면서 신, 신이면서 인간이었던, 인간과 신화의 교차점에서 탄생한 가련한 영웅.

신검은 백야가 그럴 수 있었던 이유, 신기(神氣)를 형운과 진예에게 제공한다.

그저 명하는 것만으로도 자연의 섭리를 복종시킬 수 있는 기적의 힘. 그 힘을 부여받은 형운과 진예는 한 가지 결론을 얻을 수 있었다.

'모르는 것은 할 수 없다. 그러나 아는 것이라면 무엇이든 재현할 수 있다.'

그들에게는 스승이 도달하여 아낌없이 보여준 고고한 경지가 있었다.

스스로는 앞으로 얼마나 더 노력해야 닿을 수 있을지 알 수 없는 경지였다. 그러나 신기를 가진 지금만큼은 자신의 것으로 할 수 있었다. 부족한 부분은 전부 신기가 메꿔주었으니까!

꽈아앙!

형운은 일격으로 만족하지 않았다. 무극감극도가 연속적으로 발동하면서 한 발 한 발이 시간을 집중해서 혼신의 힘을 집중해야만 낼 수 있는 최고의 위력을 발휘한다.

그 충격을 버티지 못한 천결봉이 터져 나갔다.

'먹혔어!'

초전 때와는 다르다.

그때는 완벽한 기회를 포착해서 혼신의 공격을 때려댔어

도 통용되지 않았다. 성하의 존재가 너무나 거대했기에 형운이 아무리 공격해도 극히 일부를 깎아내는 데 그쳤기 때문이다.

그러나 지금의 형운에게는 신기가 있다.

신기를 휘감은 일권은 성하에게도 확실한 타격을 주고 있었다.

'이대로 끝낸다!'

형운이 네 번째 무극감극도를 발동하는 순간이었다.

갑자기 눈앞이 캄캄해졌다.

휘이이이이이……!

그리고 광포한 눈보라 속으로 빨려 들어가는 것 같은 아찔함이 덮쳐왔다.

'이건……'

순간 혼란스러워졌던 형운은 곧바로 상황을 파악했다.

'나를 들여다봤어! 이런 식으로 이용할 수도 있는 건가?'

상대가 나를 보면, 나 또한 상대를 본다.

지금까지는 항상 장점으로 작용했던 일월성신의 능력이 적에게 이용당했다. 성하는 위기의 순간, 형운의 내면을 들여다봄으로써 형운의 의식을 자신의 내면으로 이끌었다. 그로써 최고조에 이르렀던 형운의 집중력을 끊은 것이다.

파앗!

검광이 형운의 상반신을 비스듬히 가르고 지나갔다.

"크악!"

출혈은 없었다. 베인 순간 상처 부위가 얼어붙었기 때문이다.

"아프구나. 확실히 너희들은 나를 물어뜯을 독니를 손에 넣었군."

성하의 목소리는 놀랍도록 냉정했다.

"하지만 설마… 내가 고통을 모른다고 생각한 것이냐?"

콰아아아아!

일검을 맞고 주춤했던 형운은 그녀가 발하는 한기파동에 맞고 나가떨어졌다.

하지만 성하도 더 몰아붙이지는 못했다. 진예의 빙백검 몇 개가 그녀의 방어를 뚫고 몸에 꽂혔기 때문이다.

"후후……."

그녀는 팔뚝과 등짝에 꽂힌 빙백검을 보며 웃었다.

"아하하하하하!"

광소하는 그녀의 몸에서 일어난 빛이 하늘로 뻗어 나갔다. 잠시 중단되었던 술법이 다시금 이어진다.

웃음을 뚝 그친 그녀가 차갑게 말했다.

"둘."

두 번째 얼음기둥이 떨어져 내렸다.

진예는 이번에도 방해하려고 했지만…….

콰콰콰콰콰!

세 무리로 나뉘어서 날아드는 성하의 빙백검 무리가 그 움직임을 차단했다.

"아아, 이 고통마저도 그 아이를 떠올리게 하는구나. 슬프다. 그래서 화가 나."

성하는 손을 뻗어 반대쪽 팔뚝에 꽂힌 빙백검을 부러뜨렸다.

그런 그녀를 보며 형운은 자신이 치명적인 착각을 했음을 깨달을 수밖에 없었다.

'안이했다.'

초전 때 성하에 대해서 알 만큼 알았다고 생각했다. 그리고 혹시나 몰라서 상정할 수 있는 모든 최악의 경우를 대비했다고 생각하고 있었다.

하지만 그 생각은 전제부터 틀려 있었다. 왜냐하면 그들이 가진 성하에 대한 선입견은 사실과 동떨어져 있었기 때문이다.

성하는 타고난 강자임에도 고통에 익숙했다. 또한 자신을 위협할 수 있는 강자와의 싸움에도 능숙했다.

왜냐하면 그녀의 존재 의의는 신화적인 존재들과의 싸움이었기 때문이다.

일월성신의 눈이 지닌 신안(神眼)에 가까운 능력조차도 그녀에게는 이미 그 특성을 알고 대응할 수 있는 영역에 불과했다.

"셋."

순식간에 외상을 재생하면서 성하가 말했다.

형운 역시 신검의 힘을 이용해서 상처를 회복하지만 성하보다 한 박자 느리다. 성하는 그 틈을 놓치지 않고 맹공을 퍼부었다.

압도적인 수의 빙백검이 쇄도한다. 진예가 신들린 것처럼 현란한 기술로 수적 열세를 극복했지만 성하는 개의치 않았다.

애당초 빙백검으로 적을 압살하는 것이 목적이 아니기 때문이다. 그저 진예를 수세로 묶어둘 의도였다.

투학!

광풍혼을 휘감은 형운의 팔과 성하가 쥔 빙백검이 격돌했다.

항상 제자리를 지키며 화력전을 선호했던 성하가 처음으로 형운의 영역으로 뛰어들어 온 것이다.

형운이 이를 악물었다.

'힘으로 압살하려고 했던 때와는 완전히 달라. 우리를 대등한 적수로 인정하고 모든 것을 다해 상대하고 있다.'

전략적인 의도와 전술적인 최선, 양쪽 모두를 추구하여 형운과 진예를 쓰러뜨리려고 한다.

혈빙검의 영혼을 거두었기에 보일 수 있는 현란함, 그리고 혈빙검이 아닌 성하이기에 보일 수 있는 강맹함이 조화를 이룬 검술이 형운에게 맹공을 퍼부었다.

스칵!

스쳐 맞는 것만으로도 뼛속까지 갈라지는 듯한 충격과 냉기가 침투해 온다.

"넷."

차갑게 웃는 성하의 말에 형운이 이를 악물었다.

격투전의 기량 자체는 형운이 성하를 압도한다. 속도와 위력만큼은 성하가 더 위였지만 반응 속도와 기술 하나하나의 완성도는 형운이 월등했기 때문이다.

'또냐!'

하지만 중간중간 성하가 서로의 내면을 들여다보는 방법으로 형운의 집중을 끊고 그 틈을 노린다.

쾅!

그리고 형운의 발차기가 몸통을 때리는 순간…….

파앗!

같이 죽자는 식으로 날린 일검이 형운의 쇄골을 얕게 가르고 지나간다.

성하는 형운의 공격에 맞아주는 것조차 전술의 일부로 활용하고 있었다. 스스로의 부족함을 메꾸기 위해 이용할 수 있는 것이라면 무엇이든 이용하는 그것은 그녀가 불리한 입장에서 승리하기 위해 지혜를 쥐어짜 내는 행위가 익숙하다는 것을 증명했다.

"다섯."

서서히 파멸이 다가온다.

성하와 하늘에 고정된 얼음기둥이, 그리고 천결봉 주변에 배치된 네 개의 얼음기둥이 선명한 광선으로 이어지면서 술법이 진행되어 가고 있었다.

하지만 형운과 진예는 반격의 실마리를 찾아내지 못했다. 초전 때처럼 밀리지는 않았지만 일진일퇴를 반복할 뿐, 성하의 술법을 끊을 정도로 몰아붙이지 못하는 것이다.

"여섯."

그리 말하는 성하 앞에서 형운이 빛으로 화한다. 무극감극도였다.

성하는 당황하지 않았다.

'단번에 몰아쳐 보겠다는 거겠지. 어디 한번 해보거라.'

벌써 형운의 공격을 수십 번도 더 맞아보았다. 이미 의표를 찔리는 충격 따위는 없다. 어떤 고통이 닥쳐올 것인지 아는 이상 의식을 잃지 않고 버티기만 하면 반드시 활로가 열린다.

─뇌정권(雷霆拳)!

하지만 형운은 다시 한 번 그녀의 예상을 뛰어넘었다.

한번 잘려 나갔다 재생한 왼팔이 시퍼런 뇌광을 발하며 그녀를 때렸다.

쫘콰콰콰쾅!

푸른 뇌격이 날카로운 창처럼 성하를 관통했다.

초전 때는 빙백무극지경의 권능에 비해 조야했기에 쓰지 않았던 뇌정벽력의 힘이었다. 그러나 지금 이 순간 성하를 관통하는 그 힘은 현격히 수준이 상승해 있었다.

'아, 그것, 이, 이런……..'

예상치 못한 타격에 정신이 아득해진 성하는 자신의 실수를 깨달았다.

'그냥 지나쳐서는 안 되는 것이었는가……!'

4

형운의 집중력을 끊기 위해 그의 내면을 들여다보았을 때, 그녀는 분명 형운의 정보를 읽어내었다. 그러나 당장 격전을 벌이는 상황이었기에 그 정보의 의미를 이해하지는 않았다.

그러나 그것은 실수였다.

'뇌령(雷靈)의 팔!'

그것은 백야가 형운에게 쥐여준 또 다른 무기였다.

그녀는 형운에게 성하의 의표를 찌를 수 있는 가능성이 있음을 알아보고 한 가지 도박을 시도했다.

원래대로라면 백야는 신기로 형운의 팔을 재생시켰을 것이다. 유설과 합일하여 영수의 능력을 지녔고, 스스로도 심상경에 올라 육신을 이루는 기까지도 다룰 수 있는 능력을 지닌 형운은 잘린 팔마저도 재생할 수 있었다. 그러니 신기로 그 시간을 대폭 단축시키는 것은 백야에게는 별로 어렵지 않은 일이다.

하지만 백야는 그렇게 하는 대신 주검의 영육 일부를 형운의 팔을 재구성하는 데 보태주었다. 그로써 형운은 자신의 내면에 자리한 능력, 뇌정벽력의 힘을 최대한으로 끌어낼 수 있는 팔을 갖게 되었다.

즉 뇌령의 팔은 빙백기심과 비슷한 기관이었다. 빙백기심이 빙설의 권능을 최대한으로 발휘할 수 있게 해주듯 뇌령의 팔은 뇌정벽력의 권능을 최대한으로 발휘할 수 있게 해주는 것이다.

꽈르릉! 꽈과과과과광!

다시금 성하의 의표를 찌른 형운은 폭풍처럼 맹공을 퍼부었다. 기공과 뇌격이 사납게 포효하면서 성하를 두들겨 댔다.

진예는 그 광경을 보며 식은땀을 흘렸다.

'이래도 의식이 끊어지지 않다니!'

형운의 공격이 폭풍처럼 퍼부어지고 있는데도 성하의 술법은 기세가 주춤했을 뿐, 멈추지 않고 계속되고 있었다.

뿐만 아니다. 진예와 공방을 벌이는 빙백검들 역시 계속해서 맹공을 퍼부었다. 그것은 성하의 의식이 아직도 유지되고 있다는 증거였다.

진예가 심호흡을 한번 하고는 신검을 휘둘렀다.

―빙백무극검!

신검의 힘을 빌려 펼쳐진 심검은 무인으로서의 진예가 갇혀 있던 한계를 초월한다.

원한다면 육안으로 보이지 않는 수백 리 저편의 표적도 칠 수 있었고 폭풍우를 갈라 버릴 수도 있었다. 그야말로 전설 속의 파산검(破山劍)이나 다름없는 것이다.

더 무서운 것은 심검은 물리적 제약을 초월하는 기예라는 것이다. 파산검에 비견될 위력을 담은 일검이, 격투를 벌이고 있는 형운을 전혀 방해하지 않으면서 성하의 몸만을 가른다!

그 일검을 맞은 성하가 빛으로 화했다.

"말도 안 돼!"

형운이 경악했다.

완전히 정타로 꽂힌다고 확신한 일권이 허공을 갈랐다. 진예의 심검에 맞은 성하가 그대로 기화해 버렸기 때문이다.

있을 수 없는 일이다. 아무리 신검으로 펼친 심검이라고 하더라도 성하를 기화시키는 것은 불가능…….

─일곱.

속삭이는 듯한 의념이 울려 퍼지며 일곱 번째 기둥이 내려왔다.

화아아아아아악!

그리고 성하가 있던 자리에서 거대한 존재감이 폭발적으로 터져 나갔다.

진예의 안색이 창백해졌다.

"그 설인요괴의 능력이에요!"

설인요괴, 거흔의 능력도 성하의 것이 되어 있었다.

성하는 백야의 저주로 인해서 본신으로 돌아가지 못하는 상태다. 그러나 본신으로 돌아갈 수 없을 뿐, 기화를 통해서 일시적으로 다른 형상을 취하는 것에는 아무런 제약도 없었다.

새하얀 불길이 어마어마한 기세로 퍼져 나간다.

콰콰콰콰콰……!

"맙소사."

형운이 신음했다.

이 능력의 원래 주인인 거흔도 기화해서 음기 덩어리가 되었을 때는 5장 이상의 덩치를 지니게 되었다. 그런데 그와는

비교도 안 될 정도로 어마어마한 요기를 지닌 성하가 기화하
자 이미 한 개체로 인식하는 것이 우스울 정도로 거대해지고
있었다.

도무지 손쓸 도리가 없다. 기화한 성하는 천결봉 끝에서 하
늘 저편에 닿을 정도로 거대한, 비유가 아니라 정말로 산악처
럼 거대한 한기폭풍이 되고 있었다.

'이러면 어쩔 도리가 없잖아!'

사실 충분한 시간이 주어진다면 충분히 해볼 만하다. 거혼
이 기화했을 때 그랬듯 성하도 구름처럼 실체감이 옅은 상태
가 되었으니까. 최대한 넓은 범위에 타격을 가하면서 천공기
심으로 그녀의 요기를 빨아들여 버리는 전술이라면 오히려
상대하기 쉬우리라.

그러나 문제는······.

―여덟.

치명적인 시간제한이었다.

마침내 마지막 여덟 번째 얼음기둥이 내려왔다.

―여덟 수족의 맹세!

궁극의 술법이 완성되며 성하의 모습이 일변했다. 끝없이
확장되어 가던 요기가 시간을 거꾸로 돌린 것처럼 한 점으로
수렴해 간다.

그 과정은 너무나 빨랐다. 한기가 다시 뭉칠 때의 여파조차

없이 성하가 원래의 모습으로 돌아오고…….

"이제 그 아이의 주검을 돌려받겠다."

빛으로 이어진 여덟 개의 얼음기둥 한가운데서 성하가 말했다.

형운과 진예는 그녀를 보며 굳어 있었다. 신검의 힘을 두르고 있는데도 일순간 몸이 굳어버렸다.

술법이 완성된 지금, 성하가 발하는 힘은 조금 전까지와 비교도 되지 않았다. 시간을 되돌려 전성기의 힘을 되찾았던 초전 때보다도 어마어마한 힘이 느껴졌다.

'정말로 신조차 죽일 수 있는 힘.'

어째서 무슨 일이 있어도 성하와 여덟 수족이 한자리에 모이는 것만은 막아야 했는가.

그 이유가 눈앞에 있었다. 성하는 나른한 표정으로 한 걸음 내딛더니 손을 들었다. 순간 손끝이 번쩍하나 싶더니…….

'아.'

미처 반응할 새도 없이 형운과 진예가 얼음 속에 갇혀 버렸다.

형운과 진예를 중심으로 거대한 얼음산이 솟아나 있었다. 그리고 그것이 산산이 쪼개지면서 어마어마한 힘이 폭발한다.

꽈과과과과과광……!

충격이 천결봉을 뒤흔들었다.

대파괴를 일으킨 성하가 무심하게 고개를 돌렸다.

쾅!

그러자 무극의 권과 신검합일로 좌우를 덮치던 형운과 진예가 튕겨 나갔다.

뒤이어 충격과 한기파동을 농축한 광륜이 소리보다도 몇 배는 빠른 속도로 퍼져 나가 주변을 강타했다.

콰콰콰콰콰콰!

소리가 들렸을 때는 이미 세 번째 광륜이 둘을 강타한 후였다.

"크억······!"

형운이 충격으로 피를 토했다.

일격을 막아내는 것까지는 문제가 없었다. 그러나 이격, 삼격이 이어지고······.

'갇혔어!'

천결봉 주변에 배치된 얼음기둥들이 형성한 결계가 그렇게 퍼져 나갔던 힘을 반사, 다시금 성하에게 수렴되도록 하고 있었다. 한번 버텨낸 충격이 뒤를 덮치고, 앞에서는 새로운 충격이 덮쳐오는 상황이 계속되는데 심지어 이 두 충격파는 형운과 진예만을 타격할 뿐, 서로를 간섭하지 않고 지나쳐 버린다!

일반적인 물리법칙을 초월하는 빙백무극지경의 권능이 극

대화된 공격이었다.

—설극무한지옥(雪極無限地獄)!

과거 지상을 활보하던 포악한 신들조차 죽였던 성하의 결전기였다.

'어, 얼마 못 버텨⋯⋯!'

이 기술이 시작되는 순간, 아니, 성하가 여덟 기둥을 내려서 술법을 완성한 시점에서 이미 승패는 결정된 것이나 다름없다.

"형운, 진예⋯ 너희들의 이름은 기억하도록 하마. 이 설산에서 내가 기억하는 마지막 인간의 이름이 될 것이다."

성하가 그리 말하며 손을 들어 올리는 순간이었다.

쩌적⋯⋯.

귓가를 울리는 균열음에 성하의 표정이 굳었다.

5

익숙한 소리였다.

거대한 얼음이 내부로부터 깨져 나갈 때 들리는 소리. 설산의 주민이라면 들을 때마다 불길함과 두려움을 느끼게 되는 소리다.

성하처럼 강대한 존재들에게는 아무것도 아니지만 대부분

의 존재들에게 있어서 그것은 재난의 전조나 다름없었다. 자신의 발밑이, 혹은 주변 어딘가가 깨져서 무너진다는 의미였기 때문이다.

'뭐지?'

성하는 불길함을 느꼈다.

왜냐하면 그 소리는 지금 들려와서는 안 되었기 때문이다.

광풍이 휘몰아치고, 그것조차 갈라 버리는 광륜이 소리가 울려 퍼지는 것보다 몇 배나 빠른 속도로 확장과 수렴을 반복하는 상황이거늘 어찌하여 이리도 선명한 균열음이 들려오는가?

쩌저적······.

그녀가 그 불길함의 정체를 파헤치기도 전에 균열음이 확장되어 갔다. 그리고······.

콰광!

결계를 구성하는 얼음기둥 중 하나가 터져 나갔다.

"말도 안 돼! 어떻게?"

성하가 경악했다.

그녀의 술법은 완벽했다. 한 치의 실수도 없이 고대로부터 이어온 여덟 수족의 계약, 그 신성한 맹세를 술법으로 구현해 내었다.

그런데 어째서 술법을 이루는 기둥 중 하나가 파괴되었는가?

형운과 진예는 아무것도 못 하고 그저 버티는 데 모든 힘을 다하고 있었다. 그렇다면 외부의 공격자가 존재한다는 말인데…….

'아무도 없다.'

공격자는 존재하지 않았다.

신화적인 힘이 격돌하고 있는 지금, 천결봉에 접근하는 자조차 없었다. 마곡정 일행은 여전히 설경 일행과 전투 중이다.

그런데 어째서…….

콰과광……!

성하가 혼란에 빠져 있는 동안 또 하나의 얼음기둥이 깨져 나갔다.

"누구냐!"

그녀가 격노하여 외쳤다.

대답하는 목소리는 없다. 불길한 균열음만이 계속해서 들려올 뿐이다.

"어떤 자인가! 모습을 드러내어라!"

술법이 발동할 때와 달리, 술법이 완성된 후에는 기둥 한두 개가 파괴되었다고 해도 술법이 깨지지 않는다. 하지만 술법의 힘이 감소하고 불안정해지는 것만은 어쩔 수 없었다.

콰지직……!

또하나의 얼음기둥에 균열이 발생한다. 이번에는 완전히 터져 나가기 전에 성하가 손을 뻗어 그것을 억제하며 노성을 질렀다.

"썩 나타나지 못할까!"

성하는 마치 그곳에 누군가가 있다는 사실을 확신하고 있는 것 같았다.

─존귀하신 왕이여.

그리고 그녀의 확신은 옳았다.

반쯤 깨져 나간 얼음기둥에서 흐릿한 빛으로 이루어진 형상이 모습을 드러내었다. 그것을 본 성하가 경악해서 눈을 크게 떴다.

"월성!"

─이제 우리의 이야기를 끝맺을 때가 왔습니다.

월성의 환영이 슬프게 웃으며 고개를 조아렸다.

콰아앙!

그가 올라서 있던 얼음기둥이 터져 나갔다.

"설마……."

성하가 이미 깨져 나간 얼음기둥들이 있던 자리를 바라보았다.

그곳에도 흐릿한 환영들이 나타나 있었다. 성하의 기억 속에, 아니, 정확히는 혈빙검의 영혼이 기억하고 있는 존재들이었다.

'서금척.'

혈빙검을 죽인 자, 서금척의 환영이 결의 어린 눈으로 성하를 쏘아보고 있었다.

'이연주.'

이자령의 대제자 이연주의 환영이 그를 쏘아보고 있었다.

쩌저저저적……!

균열음이 멈추지 않고 울린다. 그 소리가 성하의 심장을 때리는 것 같았다.

얼음기둥들 위로 흐릿한 환영들이 하나씩 나타난다. 그들은 서금척의 뒤를 따라 희생한 백야문의 장로들 네 명이었다.

월성이 하늘을 올려다보며 말했다.

—백야를 떠나보내고 200년 동안 이 순간을 준비해 왔습니다.

200년 전, 불괴의 얼음으로 스스로를 동면시킨 채 성하와의 싸움을 대비했던 백야는 다시금 성하를 봉인했다. 하지만 그 대가로 목숨을 내놓았음에도 결판을 내는 것은 실패하고 그저 결말을 뒤로 미뤘을 뿐이었다.

이제 다시금 성하가 봉인을 깨고 나올 경우 막을 수 있는 자가 없다. 그때까지 설산에 백야의 빈자리를 채울 존재가 나와준다면 좋겠지만, 월성은 그동안의 삶으로 그것이 불가능한 기대라고 확신하게 되었다.

백야 없이 성하를 쓰러뜨릴 방도를 찾아야만 한다. 그렇지 않으면 백야가 모든 것을 희생해 가면서 일궈내고 지켜낸 세계가 붕괴하고 말 것이다.

월성은 그 목적을 위해 봉인의 뚜껑 역할을 자처했다. 스스로를 희생하여 봉인의 힘을 강화할 목적만이 아니었다. 봉인과 연결됨으로써 성하를 관찰할 수 있었고, 어떻게든 그녀를 쓰러뜨릴 실마리를 찾아내고자 했다.

월성에게는 백야와 조유진, 두 사람이 남겨준 술법 지식이 있었다. 그 지식을 토대로 200년 동안 연구한 끝에 월성은 한 가지 답을 찾아냈다.

성하가 가장 무서워지는 순간이야말로 그녀를 쓰러뜨릴 유일한 틈이 될 수 있다는 것을.

"여덟 수족의 맹세를 노렸단 말이냐?"

성하가 경악했다.

믿을 수가 없었다. 여덟 수족의 맹세는 술법이라 부르지만 그런 영역을 초월한, 한없이 신의 권능에 가까운 힘이다. 그녀가 쓰러뜨려 온 신화적인 존재들조차도 힘으로 깨부술 수는 있었어도 술법의 구성 그 자체를 어찌하지는 못했다.

그것은 성하를 두 번이나 봉인한 백야와 월성도 마찬가지였다. 그런데 백야가 쓰러지고 월성조차 죽은 지금에 와서야 불가능한 위업을 달성했단 말인가?

―왕이시여, 저는 배신자이며 당신의 적입니다. 그러나 동시에 당신의 여덟 수족이었습니다.

"……."

슬프게 웃는 월성의 말이 벼락같은 깨달음으로 성하의 뇌리를 때렸다.

월성은 여덟 수족의 일원이었다. 그리고 여덟 수족은 오로지 죽음으로써만 빈자리를 만든다.

그러니 월성은 성하와 두 번 싸우는 동안에도 여전히 여덟 수족의 일원이었다. 그가 살아 있는 동안에는 성하는 일곱 수족만을 이끌고 싸워야 했다.

"죽음으로써 빈자리를 만들었으나, 여전히 우리의 인연이 이어져 있음을 이용한 것인가."

성하가 신음처럼 중얼거린 말은 진실을 꿰뚫고 있었다.

월성이 죽음으로써 성하는 그의 빈자리를 새로운 존재로 채울 수 있었다. 그러나 월성은 죽었을지언정 여전히 성하와 강한 인연으로 이어져 있는 존재였으니, 그 인연을 이용하여 여덟 수족의 맹세에 간섭할 수 있었던 것이다.

그것은 자신의 죽음조차 판돈으로 내건 도박이었다.

게다가 그 혼자만의 희생으로는 부족하다. 고작해야 술법을 약화시키는 것이 한계였으리라.

그렇기에 월성은 자신의 죽음을 예견하고 이자령을 불러 모든 것을 이야기했다.

이자령은 그의 부탁을 받아들였다. 백야의 업을 계승한 백야문주로서 최선을 다해 싸울 것이지만, 패배한다 하더라도 그 영육을 희생하여 승리의 밑거름으로 삼으리라.

―세상은 변했다. 신화의 그림자에서 사는 잔혹한 옛 왕이여, 이제는 폭정을 끝마칠 때다.

마지막 기둥이 쪼개지면서 이자령의 환영이 나타났다.

콰지직!

그로써 여덟 수족의 맹세가 완전히 깨져 나가면서 형운과 진예를 죽음으로 몰아가던 설극무한지옥도 결계 밖으로 흩어지고 말았다.

성하가 지배하던 결계를 대신하는 새로운 결계가 발생했다. 여덟 수족의 맹세를 강탈하여 재구성한, 신검의 힘을 무한대로 증폭시키는 결계였다.

―본 문에는 바보 같은 사람들이 많았군.

이자령의 환영이 그 결계를 구성하는 면면을 보며 말했다. 이연주도, 서금척도, 그리고 네 명의 장로들도 서로를 보며 웃었다.

"사부님……!"

피투성이가 된 진예가 이자령의 환영을 보며 억지로 울음을 참았다.

　—잘해냈구나. 부디 웃으며 보내주려무나.

　이자령은 잔잔한 웃음을 지은 채 말했다.

　"너무하십니다……. 정말로… 너무하세요."

　진예가 죽은 이들의 환영을 보며 원망의 말을 토해냈다. 눈에서는 쉴 새 없이 눈물이 흘러내렸지만 입만은 억지로 웃음 짓고 있었다.

　이자령의 환영이 그녀에게 다가왔다. 그리고 그녀의 뒤에 서서 검을 같이 잡아주었다.

　그저 시늉뿐이다. 실체 없는 환영이기에 그녀를 만질 수 없었다.

　하지만 진예는 옛 추억을 떠올렸다.

　'검을 쥐는 법이 틀렸다. 이렇게 쥐어라. 다리는 이렇게 벌리고 어깨는 이렇게… 옳지. 잘하는구나.'

　이자령에게 처음으로 검술을 배우던 때의 기억이었다.

　그때는 참 어렸다. 재능은 넘치지만 성실함도 집념도 없고, 소중한 것조차 모르던 시절이었기에 사부의 가르침이 귀찮기만 했다. 언제까지고 눈 속에 파묻혀서 빙백설야공을 운용하여 눈이 속삭이는 소리에만 귀 기울이고 싶은데, 그런데 사부도, 사형 사저들도 그녀만 보면 몸 쓰는 훈련을 못 시켜서 안달이었다.

하지만 이제는 다 추억이었다. 이제 와서 굳이 그 시절에 성실하지 못했음을 후회하지는 않는다. 그녀도 흑영신교와의 싸움 이후로 정신을 차리고 성심껏 무공을 연마해 왔으니까.

그런데 왜…….

뚝.

눈물이 마르지 않고 흘러서 떨어지는 것일까.

자꾸만 아쉬웠다. 의미 없다는 것을 알면서도 밀려오는 후회를 어쩔 수 없었다.

철없던 어린 자신을 때려주고 싶었다. 좀 더 빨리 정신 차렸다면, 사부의 가르침에 성실하게 응했다면… 그랬다면 한 사람이라도 더 지켜낼 수 있었을지도 모르는데.

—이제부터는 앞만 보거라.

눈앞이 뿌옇게 흐려진 진예의 귓가에 이자령이 속삭였다.

—힘들겠지. 그리고 괴로울 것이야. 하지만 문주는 모두가 의지할 수 있는 존재여야만 한다. 부디 아픔도, 슬픔도 모두 가슴속에 묻어두거라.

진예는 이자령을 돌아보지 않았다. 왠지 보지 않아도 알 수 있을 것 같았다. 이자령이 어떤 표정을 짓고 자신을 바라보고 있는지…….

그녀가 신검을 쥔 양손을 서서히 들어 올렸다. 이자령이 뒤에서 그림자처럼 똑같은 자세를 취하고 있었다.

―미안했다. 그리고… 미안하다.

서금척의 목소리가 들려왔다.

참았던 울음이 다시 울컥 치솟았다.

'아니에요. 미안하긴 뭐가 미안해요. 미안할 일은 하나도 안 했으면서.'

―뒷일을 부탁하마. 내가 못 한 일들을 해주렴.

이연주의 목소리가 들려왔다.

'그럴 거예요. 대사저의 것이었을 자리를 떠맡아 버렸으니, 귀찮고 싫은 일들도 해야겠지요. 미안해요. 이제 와 생각하니 그런 일들은 죄다 대사저에게만 떠넘기고 있었군요.'

진예는 마음속으로 속삭이며 저편을 바라보았다. 시야가 맑아지며 한 사람의 등이 보인다. 오로지 신의를 지키기 위해 머나먼 길을 달려와 준 사람. 그저 타인의 위협일 뿐인데도 스스로 옳다고 믿는 길을 위해 목숨까지 걸어준 백야문의 은인.

형운이 성하와 격전을 벌이고 있었다.

결계를 강탈당해서 약화된 성하를 악귀처럼 몰아붙인다. 서로 피투성이가 되어가면서 일진일퇴를 거듭할 뿐 승부의 무게추는 어느 한쪽으로 기울지 않았다.

하지만 이미 승패는 결정되어 있었다. 그리고 그 열쇠는 진예의 손에 쥐어져 있었다.

진예는 살며시 눈을 감았다.

눈을 밟는 발소리가 멀어져 간다. 그리운 자들의 환영이 모두 다 떠나가고, 이제 그녀가 싸워야 할 현실만이 남아 있었다.

눈물 같은 빛방울을 쏟아내던 신검의 형상이 변하기 시작했다.

그 안에 담겨 있던 신기(神氣)가 빛으로 화한다. 일순간 하늘 끝까지 뻗어 나간 빛의 검이 거짓말처럼 조용하게 허공을 갈랐다.

그리고…….

"아, 아아, 아아아아아아……!"

성하의 몸이 갈라지며 비명이 울려 퍼졌다.

6

마곡정 일행과 싸우던 성하의 여덟 수족은 하나씩 하나씩 죽어갔다.

가장 먼저 백안이 죽었다.

그리고 만설군도 그 뒤를 따랐다.

─왕이시여!

이제 설경만이 남았다.

하지만 그 역시 궁지에 몰려 있었다. 마곡정은 빙백무극지경의 권능으로 아군을 보호하면서 그를 몰아붙였다.

설경은 마곡정이 처음 전장에 난입했을 때 가한 기습에 크나큰 타격을 입은 상태였고, 한번 지상에 떨어지자 다시 날아오를 기회를 잡지 못하고 공격을 받아서 상처가 늘어가고 있었다. 힘의 소모가 너무 커서 이제는 상처가 제대로 회복되지도 않을 지경에 이르렀다.

그럼에도 그는 포기하지 않았다. 성하가 형운과 진예를 쓰러뜨릴 것을 믿었기 때문이다.

하지만 발동했을 때만 해도 쾌재를 불렀던 여덟 수족의 맹세가 깨졌다. 그리고 얼마 지나지 않아서 성하의 단말마가 느껴졌다.

─안 돼!

설경은 자신을 때리는 적의 존재조차 잊고 몸을 돌려 천결봉으로 날아가려고 했다.

그러나 그 순간, 순백의 벼락이 되어 그의 등판에 내리꽂히는 자가 있었다.

─끄어어어……!

마곡정이 거대한 얼음칼을 그의 등판에 찍어 넣었다.

―이, 노옴, 비키지 못하겠, 느냐……!

설경이 격통을 버텨내면서 마곡정을 떨구려고 했다.

그러나 소용없다. 지금까지 누적된 타격만 해도 큰데 한눈
을 팔았다가 결정타를 맞고 말았다.

마곡정은 칼날을 꽂아 넣은 채로 거듭 공격을 퍼부었고, 그
의 힘에 의해 냉기로부터 보호받는 다른 일행들도 기회를 놓
치지 않고 설경을 두들겨 댔다.

―아, 안 돼, 그분께 가지, 않으면……!

설경은 절박하게 절규했지만 동정하는 자는 아무도 없었
다.

마곡정이 싸늘하게 속삭였다.

"네가 벌레처럼 짓밟은 사람들도 다들 그렇게 절박했을 거
다. 죽기 전에 그 심정을 조금이나마 이해할 수 있게 만들어
줘서 아주 기쁘군."

―크아아아악……!

설경의 비명이 주변을 진동시킬 때였다.

쿠구구구구⋯⋯!

이질적인 진동이 끼어들었다.

다들 흠칫했다. 이 전투가 벌어진 이후로 땅이 흔들리지 않
는 순간이 없을 정도로 그들은 진동에 익숙해져 있었다. 하지

만 지금 느껴진 진동은 뭔가 다르다.

설경의 숨통을 끊기 위해 연달아 커다란 얼음칼날을 만들어서 박아 넣던 마곡정도 동작을 멈췄다.

"빙령?"

마곡정이 재생을 겪은 곳, 천결봉 아래 있는 협곡 깊숙한 곳으로부터 차가운 빛이 뿜어져 나왔다.

그곳만이 아니었다.

백야문의 비처에서, 그리고 한때는 유설이 거했던 인근의 협곡에서, 그리고 산 너머 저편의 어딘가에서…….

설산 전역의 영맥이 진동하면서 땅과 하늘을 잇는 거대한 빛기둥이 하나둘씩 이어져 간다.

마곡정은 그것을 보며 기묘한 감정을 느꼈다.

'슬퍼하고 있어.'

그 빛은 마치 누군가와의 이별을 슬퍼하는 것 같았다.

그리고 그 빛에 호응하듯 천결봉 꼭대기에서 장대한 빛이 일어나 설산 전역으로 퍼져 나갔다.

7

성하는 자신이 죽어가고 있다는 사실을 깨달았다.

그것은 낯설면서도 익숙한 감각이었다.

모순되지만 사실이었다. 성하 자신이 죽음에 이른 적이 없으니 낯설었고, 그러나 그녀의 여덟 수족이었던 자들이 죽어서 그녀와 하나가 되었으니 익숙했다.

어느새 성하는 빛 속에서 자신을 둘러싸고 있는 이들을 보았다.

모두가 아는 얼굴이었다. 그녀를 위해서라면 목숨조차 초개같이 바쳤던 자들, 그리고 죽어서는 그녀와 하나가 되어 살아갔던 자들이 있었다.

그들을 하나하나 바라보고 나니 눈앞에는 형언할 수 없을 정도로 복잡한 감정을 품게 하는 자들이 보였다.

성하에게 구원받아 여덟 수족의 일원이 되었으면서도 그녀를 배신하고 적이 되기를 선택한 자, 월성과 그를 안고 있는 백야가.

'어머니.'

백야는 성하가 기억하고 있는 그대로 고결하고 아름다운 모습으로 다가왔다. 둘의 거리가 가까워지자 월성이 그녀의 품에서 내려와 성하에게 고개를 조아렸다.

'이제 다 끝났어요.'

'꼭 이래야만 했느냐? 너는 간악한 인간들 때문에 모든 것을 잃었다. 그랬는데 사자의 안식마저 포기하며 이랬어야만 했던 것이냐?'

'제 대답은 알고 계시잖아요. 오래전부터 알고 계셨죠.'

'……'

'이해해 달라고는 하지 않을게요. 이럴 수밖에 없었지요.'

백야가 성하를 끌어안았다. 성하는 그 손길을 거부하지 않았다. 그녀의 존재를 느끼며 지그시 눈을 감을 뿐이었다.

'그래. 네가 이겼구나. 설산은 네가 일구어낸 모습으로 남을 것이다.'

성하는 백야를 마주 안아주며 말했다.

'우리가 힘껏 살아온 결과가 이것이라면 받아들여야겠지. 내가 맞서야만 했던 적은 사라졌고, 나의 치세는 끝났다. 미래는 내 손을 떠난 곳에서 이루어지겠지.'

'늘 어머니를 사랑했어요.'

'나 역시 그랬단다. 빙령만큼이나 너를 사랑했다.'

서서히 주변의 빛이 시야를 잠식해 들어오기 시작했다. 월성도, 백야도, 그리고 자신마저도 빛에 묻혀 사라져 가는 것을 보며 성하가 마지막으로 말했다.

'빙령이여, 내가 설산에서 받은 것을 돌려 드립니다. 부디 제 의지가 설산을 축복하기를.'

그녀의 기도는 모든 것을 품는 빛 너머에 닿았다.

8

천결봉 정상에서 셀 수 없을 정도로 많은 빛방울들이 일어
나 설산 전역으로 흩어져 간다.

형운과 진예는 그 한복판에 선 채로 지켜보았다. 먼 옛날부
터 시작된 기나긴 이야기의 마무리를.

"설산이 성하의 장례를 치르는군요."

형운이 중얼거렸다.

오래전, 인간이 가늠하기에는 너무나 아득히 먼 옛날부터
성하는 설산을 수호해 왔다. 그녀는 최초의 빙령지킴이였고,
설산의 모든 것이 약육강식의 섭리 안에서 살아가도록 울타
리를 세운 왕이었으며, 온갖 외적으로부터 설산을 지켜온 수
호자였다.

성하가 아니었다면 지금의 설산은 없었을 것이다. 아니, 어
쩌면 인간 세계의 판도가 달랐을지도 모르겠다. 빙령을 손에
넣은 신화적인 존재들이 이 시대까지 살아남아 인간을 위협
할 수도 있었을 테니.

그런 성하가 설산에 있어 어떤 존재일지 형운이 이해하기
란 불가능했다. 이 순간 모든 빙령이 성하의 존재를 슬퍼하며
그녀와 작별을 고하고 있었다.

성하는 천년의 염원과 빙령의 축복으로 태어났다. 그녀가
무엇을 하든 그녀의 본질은 한 번도 흔들리지 않았으니, 죽음

을 맞이하면서도 그녀는 설산의 수호자였다.

　'빙령이여, 내가 설산에서 받은 것을 돌려 드립니다. 부디
제 의지가 설산을 축복하기를.'

　성하는 자신의 모든 것을 설산에 돌려주었다. 그녀를 이루
었던 거대한 힘이 빙령을 통해 설산 전역으로 퍼져 나가고 있
었다. 그녀의 힘이, 그리고 그녀의 안에 융화되었던 무수한
존재들의 가능성이 설산의 미래를 일구는 동력이 되리라.
　"아."
　문득 진예가 작게 한숨을 토했다.
　그녀의 손에 있던 신검이 무수한 빛방울로 흩어지고 있었
다. 마치 의무를 다했다는 듯 검의 형상을 버린 그 힘이 성하
로부터 비롯된 빛의 흐름과 합류하여 설산 전역으로 퍼져 나
간다.
　진예는 그 광경에서 눈을 떼지 못했다. 마치 백야가 그녀에
게 말하는 것 같았다.
　마침내 자신의 싸움이 끝났다고. 이제는 인간의 몫이라고.
　"큰일이군요."
　"네?"
　문득 형운이 한숨 섞어 한 말에 진예가 의아해했다. 형운이

쓴웃음을 지었다.

"신검의 힘이 사라졌으니 여기서 내려가는 것만도 큰일이 겠습니다."

형운도, 진예도 만신창이였다. 서 있는 것도 힘든 상황에서 신검의 힘이 사라져 버린 것이다.

"……."

진예는 까마득한 천결봉 아래를 내려다보며 식은땀을 흘 렸다.

제158장
살아남은 자들

성운을 먹는 자

1

혹영신교주는 성지의 어둠 저편을 보고 있었다.

신의 권능으로 드리워진 완전한 어둠 저편에는 무한한 어둠이 펼쳐져 있었다. 오로지 별빛만이 존재하는 천외천을 인간을 초월하여 신에 가까워진 그의 의식이 부유했다.

"교주님."

명상에 잠겨 있던 교주는 자신을 부르는 소리에 눈을 떴다.

성지의 어둠 속에서 흑천령이 고개를 조아리고 있었다.

"무슨 일인가?"

교주의 명상은 아주 중요했다. 어지간한 일이 아닌 이상 결코 방해해서는 안 된다는 것을 흑천령도 잘 알고 있었다.

그럼에도 굳이 명상을 방해한 것은 그만큼 사안이 중대하기 때문이다.

"설산의 옛 왕이 쓰러졌습니다. 백야문은 크나큰 타격을 입었고, 설산검후는 사망했지만 선풍권룡과 혼마는 건재함이 확인되었습니다."

"역시 그렇게 되었는가."

교주가 탄식했다.

성하의 부활은 그들도 예상치 못한 사태였다. 그녀 때문에 북방 설원에서 빙령의 조각을 연구하던 비밀 연구 시설이 몰살당하고, 암서령이 죽음을 맞이했다.

흑영신교는 총력을 다해 성하의 정체를 파악했다. 단서는 많았다. 30년 전의 토벌로 많은 기록이 유실되었지만 여전히 많은 기록이 남아 있었고, 암익신조처럼 오랜 세월을 살아온 존재들도 있었으니까.

그런 단서들을 종합하고, 신녀의 예지를 더한 결과… 흑영신교는 성하를 자극하지 않고 내버려 두기로 결정했다. 건드려 봤자 손해인 데다가 가만히 관망하는 것만으로도 큰 이익을 취할 수 있다는 결론을 얻었기 때문이다.

"더 알아낸 것은?"

"현재로서는 없습니다. 빙령의 힘이 이상할 정도로 강해져서 신녀의 예지를 방해하고 있습니다."

"그렇다면 추측하는 바를 말해보아라."

"백야문의 전력은 현저히 저하되었을 것입니다. 그들의 협력 세력 역시 마찬가지. 때를 잘 노리면 몰살시키는 게 가능할 수도 있겠지요. 지금으로서는 굳이 병력 손실을 감수하면서 그럴 이유가 없지만 추후에 적들을 분산시키는 장치로 활용할 수 있을 것입니다."

"그렇군."

"또한 설산의 옛 왕이 쓰러진 것은 우리에게도 잘된 일이지요. 그녀가 승리했다면 선풍권룡과 혼마 이상으로 무서운 적이 될 수도 있었을 터입니다."

흑영신교는 빙령을 탐하는 것으로 성하와 원한을 맺었다. 성하가 승리하여 설산의 패권을 쥐었다면 분명 흑영신교를 가만 놔두지 않았을 것이다. 설산에서 태어나 그 환경에 특화되었으면서도 그곳에 속박되지 않는 그녀는 최악의 적이 되었을 터.

그랬을 가능성을 생각하면 차라리 성하가 패한 것이 다행이다.

교주가 쓴웃음을 지었다.

"손쓸 수 없는 영역에서 일어난 일을 위안거리로 삼는 것은 그리 쓸모 있는 취미는 아닌 것 같구나. 우리에게 필요한 것은 명확한 진실이다."

"죄송합니다."

"설산의 옛 왕은 분명 무력적인 측면에서는 혼자서도 거대 세력에 필적하는 재앙. 그러나 인간 세상에 대한 이해가 없으니 그 적의는 그저 눈에 보이는 것을 향해 분출되기만 했을 터. 우리가 설산을 공략하고자 한다면 더없이 무섭겠지만 바깥세상에서 맞이하고자 한다면 충분히 손실을 제어할 수 있는 적이다."

어쨌거나 성하는 요괴다. 그리고 백야문과의 일로 인해 인간을 증오한다. 거기에 흑영신교에 대한 적의가 더해졌을 뿐이다.

그렇다면 그녀의 행동을 제어하는 것은 어렵지 않다. 약간의 전력 손실을 미끼로 그녀를 설산 밖으로 끌어내고, 중원삼국의 기득권 세력과 충돌시켜 혼란을 발생시킨다면 흑영신교는 크나큰 전략적 이득을 취할 수 있었다.

물론 성하는 장기적으로는 감당할 수 없는 난적이 되었을 것이다. 하지만 흑영신교의 대업은 이제 종착지가 보이기 시작하는 시점이었다. 대업을 이룰 때까지만이라면 성하의 존재가 이득이 되도록 만들 수 있었다.

교주가 어둠을 우러르며 말했다.

"유일하게 위안이 되는 것은 설산의 신기(神氣)가 사라졌다는 것이다."

성지에서 교주의 힘은 인간을 초월한다.

그는 설산에 알 수 없는 신에게 기원을 둔 신기가 존재하고 있었음을, 그리고 성하의 죽음과 함께 사라졌음을 알 수 있었다.

'빙령의 힘이 강해진 것과 관련이 있을 것 같군.'

그렇지 않다면 백야문이 만신창이가 되고 최초의 빙령지킴이인 성하가 쓰러졌는데도 빙령의 힘이 강해진 것을 이해할 수 없었다.

'가장 위험한 변수는 사라졌다.'

과거의 사례로 미루어 볼 때 형운은 저 싸움을 통해 또 뭔가를 얻었을 가능성이 컸다. 하지만 그래봤자 전투적인 측면일 것이다. 그가 신기를 얻었을 가능성에 비하면, 그것도 중원삼국의 신수의 일족들이 관여할 명분조차 없는 신기를 손에 넣었을 경우에 비하면 그 정도는 아무것도 아니었다.

'설령 흉왕이라 할지라도 신기가 없다면 결코 나를……'

교주는 움찔했다. 그리고 생각을 고쳤다.

'…위대한 흑영신의 위엄을 막을 수 없을 것이다. "

너무나 자연스럽게 자신을 흑영신과 동일시했다.

광세천교주는 이런 고뇌를 몰랐을 것이다. 그는 광세천의 지상대리인, 즉 신을 섬기는 인간이라는 정체성이 명확했기에 설령 강신으로 광세천의 권능을 발휘할 때도 신위에 자아가 먹힐 수는 있어도 자신을 신과 혼동할 일은 없었다. 그것은 광세천교주에게는 용납할 수 없는 불경이었기 때문이다.

하지만 흑영신교주는 흑영신의 화신이다. 그가 자신과 흑영신을 동일시하는 것은 전혀 불경스러운 일이 아니었다.

교주는 점점 신성한 존재가 되어가고 있었다.

강해지기 위해 인간적인 노력을 할 필요가 없다. 살아서 숨쉬는 것만으로도 강해진다.

죽은 팔대호법과 영적으로 융합하는 의식, 그리고 이현의 함정에 빠졌을 때의 경험 이후로 그는 사람으로서의 한계를 초월했다. 그가 살아온 세월은 더 이상 그의 역량을 추측할 수 있는 잣대가 되지 못한다.

하지만 기적이라고밖에 부를 수 없는 성장에는 그만한 대가가 따랐다. 교주는 점점 인간으로서의 자신이 흐릿해져 가는 것을 느끼고 있었다.

그의 내면에는 인간의 관점과 신의 관점이 혼재한다. 인격적으로는 완전히 다른 존재였으며, 과거에 그 삶을 끝마친 전생의 기억들이 멋대로 현생을 침범해 온다. 융합한 팔대호법의 기억보다도 전생의 기억들이 불러오는 혼돈이 더욱 컸다.

교주의 명상은 그 혼돈을 정리하고 광기를 통제하는 작업이었다. 깨어 있는 시간의 대부분을 명상에 할애해야 할 정도로 내면의 문제가 커져가고 있었다.

'환예마존, 그대가 불어넣은 독은 실로 극독이었다.'

낙성산 전투 이후로 시간이 지날수록 교주의 성장이 가속화되었다. 천명을 타고난 성운의 기재임에도 스스로의 성장과 변화를 따라갈 수 없을 정도로.

이대로 시간이 지나면 결국 교주는 파멸하고 말 것이다. 이현이 이것을 노리고 그에게 신기를 줬던 것이라면 무섭다고밖에 할 수 없었다.

'하지만 내가 파멸하기 전까지, 이 독은 나를 무한히 강하게 한다. 그대는 내게 너무 강한 무기를 쥐여준 것을 저승에서 한탄하게 될 것이다.'

현계에 내려온 흑영신의 화신, 인간으로서의 자신이 파멸하기 전에 모든 것을 끝낼 것이다.

교주는 타오르는 집념을 버팀목 삼아 혼돈에 잠기며 생각했다.

'설사 내가 이 혼돈에 삼켜진다 하더라도 신녀만은 기필코……'

어쩌면 그것은 흑영신의 화신으로서의 의지보다도 더 강하게 그의 자아를 지켜주는, 인간의 마음인지도 모른다.

2

새해가 밝으면 하운국의 별의 수호자 총단에서는 성대한 축제가 열린다.

신년 비무회.

별의 수호자 무인들을 뜨겁게 불태우는 그 행사는 매해 그래왔듯 모두의 관심을 받으며 진행되고 있었다.

양우전은 높은 곳에 올라서서 비무회 행사장을 내려다보았다. 저 무대는 그에게 많은 것을 떠올리게 만들었다. 그리고 그중에는 유감스럽게도 좋지 못한 기억이 많았다.

'결국 돌아왔군.'

3년 만이었다. 강연진에게 패배하고, 이듬해에 오연서에게 패배한 뒤로 그만한 시간이 흘렀다.

강렬한 투지가 솟구쳤다. 그동안 자신은 강해졌다. 마음 같아서는 저 무대 위에서 강연진과 오연서에게 패배를 설욕하고 싶었다.

하지만 이미 우승을 거머쥐었던 두 사람은 더 이상 신년 비무회에 나오지 않는다. 그러니 이번에야말로 우승함으로써 보여줄 것이다. 자신이 절치부심해서 그들과 대등한 자리까지 올라왔음을.

'글쎄, 과연 그 녀석들이 그렇게 생각해 줄까? 그래봤자 강연진의 3년 전을 따라잡을 뿐인데?'

결의를 다지자마자 부정적인 생각이 떠오르면서 울컥 분노가 치솟았다.

'달라지는 것은 아무것도 없어. 그들이 다 승리하고 떠나간 자리에서 승리해 봤자 넌 여전히 패배자야.'

양우전이 이를 악물었다. 분노가 치솟아서 뭐라도 부숴 버리고 싶은 충동이 일었다.

그때 그의 귓가를 울리는 목소리가 있었다.

"양 무사님, 슬슬 준비하셔야 할 것 같습니다."

양우전을 부르러 온 호위무사는 흠칫했다. 순간 양우전이 그를 노려보는 시선에서 살기가 느껴졌기 때문이다.

하지만 그것은 아주 잠시였다. 양우전은 거짓말처럼 살기를 갈무리하고 대답했다.

"알겠습니다. 가지요."

3

남차대 부대주 이선광은 어색함이 역력한 표정으로 객석에 앉아 있었다. 그 옆에 앉은 지성 위지혁이 물었다.

"왜 그리 안절부절못하십니까?"

"이런 자리에 앉을 일이 없었으니 그런 것 아니겠나. 정말 어색하군."

이선광은 별로 크지 않은 체격에 둥글둥글한 인상을 지니고 있었다. 그는 올해로 69세가 되는데, 외모로 보면 이제 막 초로에 접어든 정도로밖에 보이지 않는다. 20년 전쯤에는 오성의 자리를 넘볼 수 있는 경력의 절정기를 지낸 사람답게 지금도 무공이 쇠하지 않은 것이다.

위지혁이 말했다.

"이제는 익숙해져야 할 겁니다. 제 대신 총단을 지켜주셔야 하지 않습니까."

"걱정이 태산이로군. 어쩌다 이렇게 되었는지……."

이선광이 한숨을 푹 쉬었다.

형운이 백야문을 돕기 위해 임무를 방기하고 떠나 버린 것은 큰 파문을 일으켰다.

조직에서 그 일원들에게 힘을 실어줄 때 가장 중요시하는 것은 과연 이 사람이 얼마나 조직을 위해 헌신할 수 있는가이다. 형운의 행동은 조직의 신뢰를 저버리는 것이었으니 확정적이었던 차기 수성 자리에서 탈락하는 것은 당연한 결과였다고 할 수 있었다.

그리고 확정적으로 흘러가던 일이 뒤집어지는 바람에 그 전까지는 누구도 예상치 못한 일들이 벌어지기 시작했다.

일단 차기 수성이 누가 되느냐 하는 것은 오래 끌 수 있는 문제가 아니었다. 오성의 한 자리를 비워놓을 정도로 여유가 넘치는 상황이 아니었으니까.

장로회는 갑론을박 끝에 이선광을 수성으로 앉히기로 결정했다.

20년 전쯤에는 오성의 자리를 넘볼 정도로 무인으로서 절정기를 겪었고, 두 개 조직의 대주로 일했으며, 무력 조직만이 아니라 상업 조직까지 두루 거쳐왔다는 경력의 풍부함은 다른 후보들을 압도하는 강점이었다.

이선광은 귀혁이 시험관으로 왔을 때 그랬듯 이번에도 수성직을 거절하고자 했지만 중립파 장로들이 열심히 그를 설득했다.

'언제까지고 계속하라고 하지는 않겠네. 5년… 아니, 3년만이라도 맡아주게. 해보고 마음이 변하면 더 오래 계속할 수도 있을 거고. 자네 제자에게도 그만큼 좋은 기회를 줄 수 있지 않겠나? 3년 안에 후임자를 정해서 물려줄 수 있도록 해주겠네.'

공식적으로는 몇 가지 절차가 남기는 했지만 내부적으로는 이미 이선광이 차기 수성직을 맡는 것이 확정되었다. 아마 1월이 끝나기 전에 공식 발표가 있을 것이다.

위지혁이 말했다.

"그러고 보니 제자분이 참가하셨다고 들었습니다."

"슬슬 경험을 쌓을 때가 되었다고 생각해서 출전시켰는데… 이거 참. 일이 이렇게 될 줄 알았으면 올해는 그냥 넘기는 게 좋았을지도 모르겠어."

그가 오성이 되면 제자를 향한 시선도 완전히 바뀐다. 높아진 기대치를 채워주지 못하면 상당히 괴로운 상황을 겪게 될 것이다.

이선광은 그 사실이 염려스러웠다. 이럴 줄 알았다면 올해는 참가를 포기하고, 오성의 제자로서 받을 수 있는 특혜를 십분 활용하여 1년간 실력을 높인 뒤 내년에 첫 출전을 하는 편이 나았을 것이다.

하지만 이제 와서 그럴 수가 없었다. 그의 제자는 아직 어렸고, 이번 신년 비무회를 목표로 열정적으로 노력해 왔다. 그런데 사부의 사정이 바뀌었으니 올해는 도전을 포기하고 내년까지 다시 인내하며 노력하라고 말하는 것은 얼마나 가혹한 일이겠는가?

이선광이 말했다.

"자네 제자도 참가했다고 들었네만."

"예. 시량이도 이번이 첫 출전입니다."

위지혁의 제자 군시량도 청년부에 출전했다.

"서로 좋은 경험이 되었으면 좋겠군."

"그러길 바랍니다."

그렇게 대꾸하는 위지혁은 왠지 쓴웃음을 짓고 있었다.

4

이번 신년 비무회는 양우전을 위한 잔치나 다름없게 되었다.

작년 가을, 신명절 비무회로 자신의 존재감을 각인시킨 양우전은 대전자들을 압도했다. 작년 우승자인 양미준의 뒤를 이어 기대를 모았던 성운검대의 새로운 기대주도, 그리고 악전고투 끝에 결승까지 올라온 양우전의 동문 어경혼도 양우전에게 패했다.

"허, 어경혼 너… 많이 늘었다?"

양우전이 놀라워했다.

하지만 그것은 어디까지나 위에서 아래를 내려다보는 자의 놀람이었다. 양우전은 일방적으로 어경혼을 몰아붙여서 압승을 거두었던 것이다.

'젠장. 지치지만 않았어도… 아니, 치졸한 변명이군.'

한쪽 무릎을 꿇은 채 씩씩거리던 어경혼이 눈을 질끈 감고 분함을 삼켰다.

요 몇 년간 그의 실력은 눈부시게 늘었다. 약선과 비약, 그리고 귀혁의 수련법으로 차근차근 변화하던 육체가 성장기와 맞물려서 폭발적으로 완성된 것이 가장 큰 이유였다. 또한 척마대의 경험이 무공을 성숙하게 만들어준 덕분이기도 했다.

'다른 녀석들도 이렇게 많이 늘었나? 아니, 결승까지 올라온 걸로 봐서 이 녀석이 제일 낫겠지.'

예전에 어경혼은 영성의 제자단 중에 중하위권 정도였다. 양우전의 입장에서 보면 경쟁자로 인식할 가치조차 없는 실력 차가 있었다는 뜻이다.

하지만 몇 년 만에 다시 겨뤄보니 깜짝 놀랄 정도로 실력이 늘어 있었다.

'이놈의 체력이 깎이지 않은 채로 올라왔다면 해볼 만했겠어.'

신년 비무회는 하루 만에 승부를 내는 행사다. 한 번이라도 대전을 거친 후의 몸 상태가 다음 대전에도 크게 영향을 끼치는 것이다.

양우전은 부상도, 큰 기력 소모도 없이 결승전까지 올라왔지만 어경혼은 그렇지 못했다. 8강전에서는 위지혁의 제자인 군시량을, 4강전에서는 전임 수성의 제자 구영한과 싸우면서 내공과 체력을 많이 소모했던 것이다.

'역시 사부님은 대단하시군.'

양우전은 새삼 귀혁에게 존경심을 느꼈다. 귀혁의 제자 육성 능력에 감탄을 금할 수 없었다.

'열등감을 못 이기고 뛰쳐나가지 말고 진득하니 붙어 있었다면 훨씬 더 강해질 수 있었을지도 모르지.'

문득 떠오르는 생각에 양우전은 울컥했다.

'대사형에게 그런 굴욕을 당할 일도 없었을 거고.'

'백운지신이 정말 사부님의 가르침을 받는 시간과 바꿀 가치가 있었을까?'

마치 물 깊숙한 곳에서 충격이 일어서 기포들이 발생하기라도 한 것처럼, 부정적인 생각들이 계속해서 의식의 수면으로 떠올랐다. 그로 인한 감정의 격류를 억누르느라 양우전은 이를 악물었다.

'이제 와서 후회해 봤자 무슨 소용이야! 난 선택했어! 뒤돌아보지 않을 거다!'

그는 잡념을 떨치기 위해 스스로를 다그쳤다. 그러고 나서 심호흡을 하자 마음이 맑아졌다.

요즘 들어서 점점 이런 경우가 잦아졌다. 사소한 계기만 있으면 온갖 부정적인 생각이, 마치 스스로를 비웃는 것처럼 감정을 자극했다.

양우전은 그것을 짜증스럽게 여겼지만 이상하다고 생각하지는 않았다. 그는 원래부터 강한 자존심과 열등감으로 괴로워하는 일이 많았고, 그것은 분명 자신의 마음속에 자리한 생각들이 떠오른 것이었으니까.

와아아아아아······!

사방에서 승리자인 그를 향해 함성이 쏟아지고 있음에도 마음은 이상할 정도로 답답하기만 했다.

5

설산의 새벽이 밝아오고 있었다.

햇빛을 반사해서 눈을 찌를 듯 하얗게 빛나는 눈 위로 두 사람이 걷고 있었다. 마치 유령처럼 발자국조차 남기지 않고 걷고 있는 두 사람은 등에 각각 곰과 사슴, 까마귀의 사체를 짊어지고 있었는데, 체격상 질질 끌릴 수밖에 없는 짐승 사체의 아래쪽이 보이지 않는 힘에 의해 들어 올려져서 바닥에 닿지 않는 것이 더더욱 기괴했다.

두 사람은 형운과 가려였다.

"결국 올해 첫 일출을 여기서 보게 되네요."

"그렇군요."

형운의 말에 가려도 동쪽 산봉우리로 시선을 주었다.

새해 첫 해가 떠오르고 있었다.

두 사람은 잠시 동안 그 광경을 감상하고 있다가 바람처럼 답설무흔의 경공을 펼쳐서 달리기 시작했다. 형운이 말했다.

"누나는 슬슬 빙공이 완숙해진 것 같네요."

"단련하기 좋은 환경이니까요. 하지만 이제야 좀 쓸 만해진 정도입니다."

가려는 귀혁이 빙백설야공을 참고해서 창안한 빙공, 백설혼(白雪魂)을 꾸준히 익히고 있었다.

설산은 이 무공을 연마하기에는 최고의 환경이었기에 진도가 빨랐다. 이 빙공을 처음 익히기 시작했던 보름 전과 비교하면 추위에 버티기 위해 소모하는 내공이 5푼 정도는 줄어든 느낌이다. 고작 5푼이라고 얕잡아 볼 수도 있겠지만 혹한 속에서 장기간 활동하는 경우에는 체감 효과가 대단히 컸다.

곧 백야문에 도착한 두 사람은 곧바로 연기가 모락모락 피어오르는 백야문의 주방으로 향했다.

"어서 와."

한창 주미령과 함께 식사 준비를 하던 서하령이 두 사람을 맞이했다. 그녀는 형운과 가려가 사냥해 온 짐승들을 보고는 말했다.

"며칠은 먹겠네."

"충분할까?"

"어제까지 잡아 온 것도 아직 남았고, 아직 다들 국물 말고는 먹기 어려우니까 충분할 거야. 그보다는 땔감을 더 신경 써야 할 것 같아."

"이 근방에서만 베면 안 될 테니 좀 멀리 나가야겠군. 힘을 좀 써야겠는걸."

"하지 마. 내가 할 테니까. 너 아직 쉬어야 돼."

"그래도……."

"그러다 회복이 더뎌지면 오히려 민폐니까 닥치고 좀 쉬시지? 내가 이렇게 상냥해지는 경우가 참 드물지 않던?"

"두 번 상냥했다가는 사람 때리겠다."

형운이 투덜거렸다.

손님인 그들이 사냥으로 식량을 구해 오고 주방 일을 돕는 이유는 백야문에 노동 가능한 인원이 거의 없기 때문이다.

현재 백야문의 생존자는 40명도 안 되었고, 그들도 오랫동안 굶주려서 쇠약해진 병자였다. 일상생활이 가능할 정도로 회복되려면 꽤나 시간이 걸릴 것이다.

그래서 형운은 아직 백야문을 떠나지 못했다.

'세 번째 부탁을 드릴게요.'

진예가 그렇게 부탁했기 때문만은 아니었다. 처음부터 형운은 백야문도들이 어느 정도 회복할 때까지는 남아서 도울 생각이었으니까. 오히려 진예는 이번 일을 명분으로 삼아 형운과 한 세 가지 부탁의 약속을 다 써버린 것이다.

어쨌든 형운 역시 성하와의 싸움으로 만신창이가 되긴 마찬가지였다. 비정상적으로 강건하고 회복력이 뛰어난 몸을 지니고 있어서 움직이고 있는 것이지 무리는 금물이었다.

하지만 워낙 일손이 없는 상황이다 보니 한가하게 쉬고 있기가 힘들었다. 다들 형운이 일할 필요는 없으니 일단은 좀 쉬라고 했지만 마음이 불편해서 그러질 못하겠다.

"후우."

한숨을 쉬어도 기분은 나아지지 않았다.

6

설산에 남은 것은 형운과 가려, 서하령, 마곡정 네 사람이었다.

자혼은 닷새 정도만 머물고 훌쩍 떠나갔고, 한서우는 주미령과 함께 당장 필요한 약재와 물자를 구하기 위해 설운성으로 내려갔다.

"후우우……."

진예가 길게 내뱉는 숨이 하얗게 부서져 갔다.

하늘은 청명했고 바람도 없었지만 겨울 설산은 시간조차 얼어붙은 것처럼 추웠다. 그녀는 그런 공기 속에서 얇은 백야문도복만 입은 채로 검을 휘두르고 있었다.

빙백설야검을 느리고 부드럽게 연무하는 그녀의 모습은 마치 검무를 추는 것처럼 보였다. 내뱉는 숨결 말고는 소리조차 없이 고요하게 검이 휘둘러질 때마다 주변에서 환상처럼 얼음으로 벼려낸 검의 형상이 떠올랐다 스러져 간다.

공기 중의 수분이 진예가 집중하는 지점에서 한순간에 얼음검으로 화했다가, 소리도 없이 다시 사라지기를 반복한다. 그 과정에서 열과 충격이 발생하지 않는 것은 인간이 학문으로 이해하는 이치를 넘어선 경지였다.

빙백무극지경의 권능이 발휘되고 있었다.

성하를 쓰러뜨린 후, 진예는 매일 수련을 게을리하지 않았다. 신검을 쥐었을 때의 경험이 잊히기 전에 그것을 붙잡기 위해서였다.

그것이 진예 자신에게만이 아니라 앞으로의 백야문에도 대단히 중요한 일임을 알기에 다들 그녀를 배려해 주었다. 그녀가 문주로서 일해야 하는 상황을 제외하면 수련에 매진하도록 해준 것이다.

문득 진예가 연무를 멈추었다. 그녀가 검을 거두자 허공에서 얼음부스러기가 떨어지는 소리가 울렸다.

"아직 멀었구나."

진예가 한탄했다.

백야의 신검은 운명을 다하고 사라졌지만 신기를 휘두르

던 때의 경험으로 진예는 빙백무극지경을 얻었다. 아마 그 한 번의 경험은 수십 년의 공부를 능가하는 기연이었으리라.

하지만 진예는 올라야 할 산봉우리가 아직도 아득하다는 것을 알고 있었다. 신검을 통해 자신이 도달해야 할 곳을 알고 나니 그곳까지 가는 여정이 더더욱 멀어 보였다.

자신이 무인으로서 이자령과 눈높이를 같이할 수 있는 날은 언제일까. 지금의 진예는 알 수 없었다. 그저 기필코 그 높이에 도달하고 말겠다는 결의를 새겼을 뿐이다.

진예는 검을 집어넣고 백야문으로 돌아왔다. 연무를 끝낸 것은 충분히 해서가 아니라 빙령과의 교감을 통해 문주로서의 일이 생겼음을 인지했기 때문이었다.

"수고하셨습니다."

진예는 막 백야문 안으로 들어오는 일행에게 다가가 인사했다.

한서우와 주미령이었다. 두 사람은 인간보다 몇 배나 덩치가 큰 청안설표 일족 다섯과 함께였는데, 모두들 짐을 가득 짊어진 채였다. 필요한 물자를 구하러 내려갔지만 백야문이 있는 곳까지는 짐수레를 끌고 올라오기가 힘들기에 그들의 힘을 빌린 것이다.

한서우가 말했다.

"다들 상태가 좀 나아진 것 같아 다행이군."

백야문도들 중에서도 거동이 가능해진 이들이 보였다. 아직 크게 힘쓰는 일은 할 수 없지만 청소 같은 잡일을 쉬엄쉬엄 도와주고 있었다.

"모두가 도와주신 덕분이지요."

"……"

"왜 그러시나요?"

"음. 조금 적응이 안 되는구나."

한서우가 쓴웃음을 지었다. 자신이 백야문에 당당하게 드나들고, 이자령의 뒤를 이어 문주가 된 진예가 자신에게 정중하게 존대하는 상황은 아직도 익숙해지지 않았다.

그런 그의 내심을 알아차린 진예도 어색하게 웃으며 화제를 돌렸다.

"지금까지 재물에 대해서 생각해 본 적이 별로 없었는데… 이런 처지가 되니 본 문이 재물을 가졌다는 것이 이렇게 다행스러울 수가 없군요."

백야문은 설산이라는 오지에 위치한 신비문파이기에 경제적 풍족함과는 거리가 멀어 보인다. 하지만 지리적 여건 때문에 그렇게 보일 뿐, 금력에 있어서는 어지간한 문파와는 비교도 안 될 정도로 부유했다.

빙령을 통해 얻는 설빙석(雪氷石)을 비축해 놓았기 때문이다. 보석으로서도, 술법 재료로서도 큰 가치를 지닌 물건이기에 설운성에 가서 내다 팔기만 하면 얼마든지 자금을 조달할 수 있었다.

덕분에 지금처럼 절박한 상황에서 필요한 물자를 구할 돈이 부족하지 않았다. 문주가 되기 전까지는 생각해 보지도 못한 문제였기에 진예는 자신이 얼마나 문파의 운영에 무지한지 깨달을 수 있었다.

"외부와의 연결을 닫고 자급자족만으로 살아가지 않는 한 돈은 아주 귀중한 것이지. 앞으로도 신경 써야 할 일이 많을 거다."

"예."

진예가 고개를 끄덕였다. 문주로서 그녀는 배워야 할 것이 아주 많았다.

7

한서우는 뒷일을 진예와 주미령에게 맡기고 형운을 찾아갔다.

'볼 때마다 놀라게 되는군.'

형운은 백야문에서 100장 정도 떨어진 협곡 안에 있었다. 극음지기가 농밀하게 고인 곳이었는데, 한서우가 내려갔을 때는 오히려 협곡 위보다 따뜻해서 불이라도 땐 것 같았다.

형운이 천공기심으로 주변의 음기(陰氣)를 흡수했기 때문이었다. 형운은 매일매일 이 작업을 반복해서 유사시에는 무극설원경을 몇 번이고 펼칠 수 있을 정도의 음기를 비축하고 있었다.

"돌아오셨군요."

곧 형운이 눈을 뜨고 말했다.

한서우가 어이없다는 듯 웃었다.

"그새 다 회복하다니 정말 괴물 같은 몸이군. 나도 그 정도는 아닌데."

"내상이 크지 않은 게 다행이었습니다."

형운은 새해가 밝고 며칠이 지나는 동안 몸을 완전히 회복했다.

일월성신이 워낙 강건해서이기도 하지만 수기(水氣)와 음기가 넘치는 설산의 환경이 그에게는 무한의 힘을 제공해 주기 때문이기도 했다. 수기와 음기를 천공기심으로 흡수하여 심상계에 비축하고, 다시 그것을 몸으로 받아들여서 일월성신의 진기화하여 소모함으로써 회복 속도를 극적으로 높인 것이다.

그리고 이제는 이렇게 비축한 기운을 백야문도들에게 나눠줌으로써 그들의 회복도 가속화하고 있었다.

"네가 부탁한 일은 처리했다."

"감사합니다."

형운은 백야문의 일이 일단락될 때까지는 별의 수호자와 공식적으로 접촉할 수가 없었다. 그랬다가는 당장 장로회에서 귀환령을 내릴 것이기 때문이다.

그래서 설운성으로 물자와 약재를 구하러 가는 한서우와 주미령을 통해서 귀혁에게 연락해 줄 것을 부탁했다. 형운의 소식을 직접적으로 알린 것은 아니고 백야문의 일을 전달함으로써 귀혁이 형운의 무사를 짐작할 수 있도록 한 것이었다.

한서우가 물었다.

"얼마나 더 머물 생각이냐?"

"한 보름 정도는 더 머물 생각입니다."

"생각보다 오래 있는구나. 네 사정도 가볍지 않을 텐데……."

"여기 올 때부터 각오한 일이었습니다. 이제 와 서둘러 봐야 소 잃고 외양간 고치는 셈인데, 그런 이유로 여기서 손을 뗄 수는 없죠."

형운이 쓴웃음을 지었다. 처음 선택할 때부터 자신이 어떤 대가를 치러야 할지 잘 알고 있었다. 별의 수호자 무인으로서 쌓아 올린 공든 탑이 이 한 번으로 와르르 무너져 내렸으리라.

조직의 일원으로서 향상심을 갖고 열심히 일해온 입장에

서, 그리고 야심을 가진 몸으로서 그것은 대단히 뼈아픈 일이었다. 하지만 형운은 자신의 선택을 후회하지 않았다.

한서우가 웃으며 형운의 어깨를 두드려 주었다.

"귀혁이 참 제자 하나는 잘 두었어. 부럽군."

"제자 생각은 있으시고요?"

"갖고 싶다는 생각은 해본 적이 있었지. 하지만 언제나 생각만으로 끝나 버리고 말아."

무인으로서 어찌 자신이 평생 갈고닦은 기예를 후인에게 물려주고 싶은 욕망이 없겠는가?

하지만 한서우에게는 그런 욕망보다는 혼원교의 모든 것을 자신의 존재와 함께 묻어버리겠다는 사명감이 더 강했다. 그렇기에 젊은 무인들이 길을 찾을 수 있도록 지도할지언정 제자를 두고 자신의 무공을 전하지 않은 채로 지금까지 살아왔다.

"이 나이 되도록 미망에서 벗어나지 못하고 수도 없이 망상해 보고는 하지. 내가 마인이 아니었다면, 혼원교와 얽히지 않고 누구에게나 떳떳하게 드러낼 수 있는 무공을 익힌 무인이었다면 어땠을까."

"……."

"하지만 후회하지는 않는다. 지금의 나는 내 선택만으로 이루어진 존재가 아니니, 운명이 가혹함을 원망할지언정 내 선택을 후회하는 것은 의미 없는 일이지. 그리고… 내 선택은 충분히 보상받았다. 너에게도, 그리고 백야문에게도……."

빙긋 웃는 한서우에게 형운도 마주 웃어 보였다.

한서우가 말했다.

"나는 한동안 더 이곳에 머무를 생각이다. 생존자들이 회복한다 한들 백야문이 약화되고 위태로운 것은 변하지 않으니 만약을 대비해야 할 것 같구나."

이미 설산은 혼돈에 지배당하고 있었다. 성하가 깨어나기 전에도 월성의 죽음으로 분쟁이 끊이지 않았는데, 성하가 한 차례 휩쓸고 간 후로 살아남은 요괴들과 마수들이 죽은 자들의 빈자리에 탐욕을 드러내니 혼란이 잦아들 수가 없었다.

그리고 백야문이 쌓은 원한이 적지 않으니 앞으로 많은 위험이 닥칠 것이다. 이자령의 뒤를 이어 문주가 된 진예는 빙백무극지경에 이르렀지만 크게 약화된 백야문의 전력이 회복되기까지는 오랜 시간이 걸릴 것이다. 어쩌면 몇 대에 걸친 오랜 시간이…….

"그동안은 어쩔 수 없이 바깥 사정에 소홀해지겠지. 그러니 그 문제는 네게 부탁해도 되겠느냐?"

"정기적으로 소식이 가도록 조치해 두겠습니다. 이제는 통신도 회복되었으니 거의 지연 없는 전달이 가능할 겁니다."

"고맙다. 혹시 인근의 피해 상황은 파악되었느냐?"

"…거의 몰살당했습니다."

형운이 애써 한숨을 참으며 말했다.

성하로 인한 피해는 백야문에게만 국한된 것이 아니었다. 청안설표 일족을 비롯한 설산의 영수 세력이 크게 줄어들었고, 성하의 눈폭풍 결계가 펼쳐진 권역 안쪽에 살고 있던 인간들은 거의 몰살당하다시피 했다.

그나마 살아남은 이들도 요괴들이 놀잇감 혹은 가축으로 삼으려고 목숨을 붙여둔 경우라 운이 좋다고 할 수도 없었다. 가족의 죽음부터 온갖 끔찍한 일들을 겪어서 정신이 황폐해져 있었으니까.

형운은 몸이 회복되는 대로 일행들과 함께 설산을 돌아다니면서 그런 이들을 구출해 내었다. 그 과정에서 몇 차례나 요괴, 마수들과 전투를 치른 것은 물론이었다.

"살아남은 사람들은 피해 없는 마을들에 돈과 물자를 지원해 주면서 맡길 생각입니다."

"백야문이 그들을 보살필 여력이 없으니 그게 최선이겠구나. 그리고 보니 곡정이는 어떻게 하기로 했느냐?"

"곡정이는……."

그 물음에 형운의 표정이 묘해졌다.

8

청안설표 일족은 본거지로 돌아왔다.

이번 일로 그들은 어마어마한 피해를 입었다. 일족의 수가 절반 가까이 줄었으며 함께 살아가던 인간 중에서 살아남은 자는 손에 꼽을 정도로 적었다.

그리고 무엇보다 청륜을 잃었다.

청륜은 단순한 우두머리가 아니었다. 그는 청안설표 일족의 뿌리였으며 그들이 설산에서 그만한 세력을 일구고 영역을 확보할 수 있는 근본이기도 했으니까.

설산은 인간 세상의 법도가 아니라 야만의 법칙이 우선시되는 오지다. 그렇기에 한 세력의 우두머리가 얼마나 격이 높은 존재인가는 그 세력의 존재감을 결정짓는 중요한 요소였다.

그런 의미에서 백야문은 많은 문도들을 잃어 조직의 힘이 크게 감소했어도 새로운 문주인 진예가 빙백무극지경에 올랐으니 얕보이는 일이 없을 것이다.

하지만 청안설표 일족은 청륜 말고는 대영수가 없었다. 일족의 어른들 중에 고위 영수가 여럿 있기는 하지만 그들 중 누구도 일족 모두를 군말 없이 복종시킬 정도의 영격을 갖추지 못했으니 당장 앞으로 일족을 어떻게 운영할 것인가 그 체제를 고민하는 것부터가 난제였다.

하지만 상황이 부정적이지만은 않았다.

"끝이 없군. 다 처리하려면 아직도 한참 걸릴 것 같은데 꼬이는 날파리들 털어낼 걸 생각하니 현기증이 날 지경이야."

마곡정이 한숨을 쉬었다.

그는 발치까지 닿는 긴 백발을 뒤에서 질끈 묶고 얼음으로 만든 도를 늘어뜨리고 있었다. 형운을 만났을 때는 시퍼렇게 빛나고 있던 눈은 이제는 안광이 잦아들어서 예전처럼 돌아가 있었는데, 잘 들여다보면 예전보다 색이 좀 더 깊어지고 흐릿한 빛이 신비로운 광택을 자아내는 것이 보였다.

며칠 전까지만 해도 그는 입을 옷이 없어서 반라의 몸이었다. 그러나 지금은 두꺼운 하얀 털가죽으로 만든 야성적인 옷을 걸치고 있었다.

"그 몰골을 보니 옛날 생각 나네."

"사실 나도 그래."

서하령의 말에 마곡정이 피식 웃었다. 이런 옷을 걸치고 있으니 마치 예은이 외모를 꾸며주기 전의 자신으로 돌아간 것 같은 기분이 들었다.

"물론 그때는 이런 가죽은 꿈도 못 꿨지만."

그때의 마곡정이 옷의 가치를 판단하는 기준은 얼마나 좋은 털가죽인가였다. 그리고 그런 기준으로 보면 지금 입은 옷은 왕후장상도 부러워할 만한 보물일 것이다. 대마수라 불릴 정도로 영격이 높았던 자, 만설군의 털가죽으로 만든 옷이니까.

"누나 옷도 대충 하나 지어놨으니까 가져가."

"나보고 너랑 똑같은 행색을 하라고?"

"싫으면 말든가."

"받아는 줄게. 입지는 않을 거지만."

"……"

"왜?"

"아니, 그냥 누나의 한결같음이 참 감동적이라."

마곡정이 투덜거렸다.

대마수의 털가죽은 그 자체로 엄청난 보물이다. 딱히 손질 안 하고 걸치기만 해도 설산의 한기를 막아줄 정도니 별의 수호자에 가져가서 제대로 가공하여 기물로 만들어내면 대단한 결과물을 기대할 수 있을 것이다.

"그리고 부탁할 게 있는데……"

"예은이 것도 같이 챙겨놨지? 나한테 줘. 잘 어울리는 모양새로 만들어서 전해줄게. 목도리나 조끼 정도면 되겠지."

"……"

"왜? 이 누님의 배려심에 감동했어?"

"음. 얄밉지만 부정은 못 하겠군."

마곡정이 볼을 붉적였다.

그런 그를 잠시 동안 가만히 바라보던 서하령이 물었다.

"마음은 정했어?"

"……."

"아직 고민하고 있구나."

"응."

마곡정이 한숨을 쉬었다.

그를 고뇌하게 만드는 것은 바로 스스로의 거취 문제였다.

청안설표 일족은 청륜을 잃었다. 그리고 그를 대체할 수 있는 존재가 있다면 그것은 마곡정뿐이었다.

마곡정에게 있어서 별의 수호자의 일원으로서의 삶은 소중했다. 그의 인생 전부라고 해도 과언이 아니었으니까.

하지만 이제 그는 온전히 인간이라고 할 수 없는 존재였다. 그의 자아는 인간 세상에서 인간 무인으로 자라온 마곡정이었지만 그 내면에는 대영수 청륜의 존재가 짙게 남아 있었다.

그런 자신이 힘든 처지에 놓인 일족을 두고 인간으로서의 삶으로 돌아가도 되는 것일까.

청륜의 희생으로 새로운 삶을 얻었으니 그의 자리를 계승하여 청안설표 일족을 이끌어줘야 하는 것 아닐까.

마곡정은 이 문제로 괴로워하고 있었다.

형운도, 서하령도 이 문제에 대해서는 섣불리 이래라저래라 말하지 못했다. 마음 같아서야 마곡정이 별의 수호자로 돌아와 주길 바라지만 그가 안고 있는 책임이 너무 무거웠으니까.

서하령은 그 문제로 마곡정을 괴롭히는 대신 화제를 돌렸다.

"만설군의 시신은 다 처리한 거야?"

"응. 머리는 따로 떼서 장례를 치러줬어."

"나머지는?"

"털가죽은 벗겨서 잘 손질해 뒀어. 내단은 다섯 개나 나오더군. 피와 살은 다 먹어치웠고."

인간에게는 섬뜩하게 들릴 수 있는 말이었다. 그러나 영수들의 가치관으로는 그렇지 않았다. 그들은 인간과 소통 가능한 지성과 감성을 지녔지만 짐승의 몸으로 살아가는 야성도 지니고 있었으니까.

청안설표 일족 같은 육식계 영수들에게 있어서 사투 끝에 쓰러뜨린 적의 피와 살을 먹는 것은 전혀 거부감 느낄 일이 아니었다. 마수와 영수가 지성과 영성을 지닌 존재들을 대하는 태도의 차이는 먹기 위해 죽이는가 아닌가로부터 비롯되는 것이지 먹는가 먹지 않는가의 문제가 아니다.

그리고 만설군 본인의 유언도 있었다.

'청룡의 후예야, 패자로서 승자에게 경의를 표하며 부탁을 남기마. 내가 죽으면 내 심장과 그 옆의 내단만은 반드시 네가 씹어 먹고 갈기털은 네가 가져라. 그로써 나의 흔적이 네 안에서 살아갈 것이니. 나머지는 마음대로 하고.'

인간은 이해하기 어려운 유언일지도 모른다. 하지만 영수나 마수들에게 있어서 죽을 때 자신이 선택한 자가 죽은 자신의 피와 살을 먹어 자신의 일부를 계승해 주길 바라는 것은 보편적인 소망이었다.

서하령이 물었다.

"너도 먹었어?"

"그놈의 유언 때문에 심장이랑 그 옆의 내단만 억지로 먹었지. 정말 맛없더군. 일부러 맛을 망쳐놓은 것 같은 악의가 가득하더라고."

"나머지는 왜? 이제 와서 거부감 느끼는 건 아닐 테고……."

"난 여기서 더 야성으로 기울어지지 않는 편이 좋을 거래. 나도 그렇게 생각하고."

서하령은 누가 그랬냐고 물어보지는 않았다. 이미 답을 알고 있었기 때문이다.

암야살예 자혼.

그녀는 성하를 쓰러뜨린 뒤 설산에 머무르는 동안 대부분의 시간을 마곡정을 위해 썼다. 마곡정의 상태를 알아보았기 때문이다.

마곡정은 청룡과 융합하여 재생하는 과정에서 더 이상 인간이라고 부르기 어려운 존재가 되었다. 이제는 영수 혼혈이 아니라 인간의 모습을 한 영수라고 하는 편이 옳을 것이다.

그런 마곡정의 상태에 대해서 조언을 해줄 수 있는 자는 정말 희귀할 수밖에 없었다. 인간의 일생보다 훨씬 긴 세월을 살아온 청안설표 일족의 어른들에게도 마곡정의 현 상태는 완전한 미지의 영역이었으니까.

그리고 자혼은 바로 그 희귀한 존재 중에 하나였다. 그녀는 영수와 인간이 합일한 존재였기에 다른 누구도 할 수 없는 조언을 마곡정에게 해줄 수 있었다.

마곡정은 자신이 자혼에게 조언을 듣는 상황이 기연과도 같음을 알고 있기에 그녀의 조언 하나하나를 귀담아들었다. 그리고 그에 대한 대가도 지불했다.

"솔직히 처치 곤란이었으니 너무 날로 먹은 것 같은 기분도 들지만……."

마곡정은 발밑을 보며 말했다.

그는 거대한 존재의 사체 위에 올라서 있었다. 머리부터 꼬리 끝까지의 길이가 70장을 넘는 새하얀 거체, 성하의 여덟 수족 중 최강이었던 대마수 설경이었다.

성하를 쓰러뜨린 후 마곡정은 청안설표 일족과 함께 설경의 사체를 해체하고 있었는데, 이것은 마치 산을 파내는 것 같은 대공사였다. 머리를 파내어 머리뼈 일부와 뇌를 분리, 장례를 치르고 나머지 부분에서 도축을 진행하면서 내단을 찾는 과정은 거의 발굴 작업이라고 불러야 할 수준이었다.

머리를 따로 떼서 장례를 치르는 것은 지성과 영성을 지닌 자에 대한 존중이며, 동시에 안전장치이기도 했다. 살아생전 의념이 머물렀던 머리를 먹었다가는 자칫 정신이 오염될 수도 있었기 때문이다.

문득 서하령이 의문을 표했다.

"그런데 이 설경은 대체 어디서 온 걸까? 설산에 고래가 있을 리 없는데."

"성하가 북해의 괴룡과 싸웠을 당시에 넘어온 것 같은데."

"응? 무슨 소리야?"

"기억이 흐릿하긴 한데……."

마곡정의 안에 남아 있는 청룡의 기억 일부가 기포처럼 떠오르고 있었다.

청룡이 태어나기도 한참 전, 아마도 천 년도 더 전의 옛날 일 것이다. 대륙 북쪽 끝, 얼음으로 뒤덮인 북해를 지배하는 괴룡이 있었다. 신의 혈통을 이어받은 괴룡과 그 권속들은 북해의 고래들을 별미로 삼았으며, 지상 침략을 위한 교두보로 호시탐탐 설산을 넘보았다.

"그때 넘어온 모양이야. 할아버지에게도 아득한 옛날 일이라 잘은 모르셨던 것 같고⋯⋯."

"그렇구나. 하여튼 신화가 아닌 게 없네."

서하령이 헛웃음을 흘릴 때였다.

찍찍.

쥐의 울음소리가 들려왔다. 그리고 잠시 후 바람을 타고 허공을 날아온 설서 한 마리가 마곡정의 어깨에 착지했다.

"또 두 무리가 몰려오는 중이오. 동쪽과 동북쪽."

마곡정이 구해준 설서 영수 비효였다. 쾌활한 성격의 비효는 마곡정에게 은혜를 갚겠다면서 청안설표 일족에 합류했는데 워낙 작아서 누군가에게 들키지 않고 정찰병 역할을 수행할 수 있다는 점과 뛰어난 술법이 도움이 되고 있었다.

"그리고 확실하진 않은데 위쪽에서 기회 보는 놈들도 있는 것 같소."

비효가 하늘을 우러르며 말했다. 날씨가 청명한 이런 날에는 날짐승들이 자유롭게 하늘을 날 수 있다. 즉 날짐승 요괴들이 활동하기에 최적이라는 뜻이다.

마곡정이 한숨을 쉬고는 말했다.

"누나."

"알았어. 도와줄게."

설경의 피와 살 역시 정화 작업을 거쳐서 청안설표 일족의 양식이 되고 있었다. 그로써 청안설표 일족 생존자들은 쇠했던 기력을 보충하고 힘을 가파르게 상승시키는 중이었지만 그로 인한 문제도 있었다.

바로 요괴들과 마수들이 설경의 시신을 노린다는 점이었다. 그래서 마곡정은 계속 이 자리에 죽치고 버티면서 적들의 습격을 막아내야 했다.

"아, 그리고 깜빡했어. 이거 주러 온 거였는데."

서하령이 백야문에서 가져온 짐에서 천으로 둘둘 만 막대기 같은 걸 꺼내서 마곡정에게 던져주었다. 마곡정이 받아 들어서 천을 풀어보니 한 자루의 도였다.

"이걸 잊고 있으면 어떡해?"

마곡정이 서하령에게 눈을 흘기면서 도를 뽑아 들었다.

원래 쓰던 도는 천결봉 아래로 추락할 때 잃어버렸다. 한서우와 주미령이 설운성에 다녀오면서 구해 온 이 도는 그를 위한 맞춤 무구는 아니었지만 제법 질이 좋았다.

"역시 좋군."

칼자루를 쥐는 순간, 손에 착 감기는 감각이 상상 이상으로 선명해서 몸이 부르르 떨렸다.

지금까지 빙백무극지경의 권능으로 얼음칼을 만들어 쓴 것은 어쩔 수 없는 선택이었다. 이 도를 쥐자 비로소 인간 마곡정의, 도객으로서의 감각이 전신을 사로잡는 것 같았다.

"자, 그럼 욕심에 눈이 먼 도둑놈들을 응징해 볼까?"

휘몰아치는 한기폭풍과 날카로운 도기(刀氣)가 적들을 덮
쳤다.

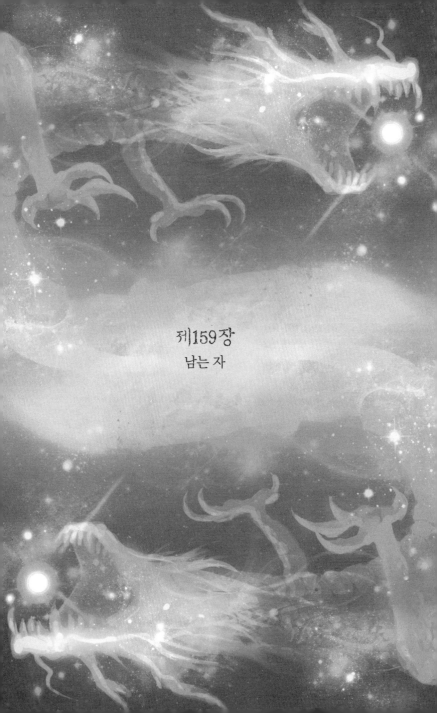

제159장
남는 자

성운을
먹는자

1

　형운은 미리 정해둔 보름보다 좀 더 길게 설산에 머물렀다. 떠나기 전에 몇 가지 민감한 기류가 발생했기 때문에 섣불리 떠날 수가 없었던 것이다.

　백야문을 중심으로 하는 설산의 인간─영수 동맹은 성하로 인해 크나큰 피해를 입었다. 전체 구성원 중에 생존자가 절반이 채 안 될 정도였으니 세력 구도의 재편은 불가피했다.

　피해를 입었어도 자신들의 보금자리와 영역을 지킬 수 있는 자들은 괜찮았다. 하지만 그럴 수 없을 정도로 무리의 힘이 약화된 경우에는 다른 길을 모색할 수밖에 없었다.

몇몇 영수들은 원래의 보금자리를 떠나서 백야문에 의탁했다. 주로 초식영수들이었는데, 백야문은 이들의 합류를 반갑게 여겼다.

그리고 몇몇 영수들은 청안설표 일족에 합류했다. 주로 육식영수들이었는데, 청안설표 일족은 이들을 받아주는 것은 물론이고 설경의 피와 살도 나눠주어서 끈끈한 분위기를 만들었다.

이런 세력 재편이 마무리되고 나자 1월 말이 되었다. 형운은 그제야 좀 마음 편하게 설산을 떠날 수 있었다.

"본 문은 결코 여러분에게 입은 은혜를 잊지 않을 거예요."

떠나는 그들을 진예와 백야문 사람들 모두가 배웅했다.

"지금은 본 문의 사정이 어려워 드릴 수 있는 것이 없지만… 여러분이 우리의 검을 필요로 하는 날에는 이 목숨을 바쳐서라도 은혜를 갚겠습니다."

진예와 백야문 사람들이 정중하게 예를 표했다.

서로를 바라보는 형운과 진예의 눈길에 만감이 교차했다.

긴 싸움이었다. 형운이 그 싸움에 끼어들어 결판이 나기까지의 시간은 며칠에 불과했지만 그동안 너무나 많은 일들이 있었다. 상처 입고, 사람들을 잃고, 잃고, 또 잃어가면서 싸운 끝에 살아남은 자들은 내일을 이야기할 수 있게 되었다.

그 싸움 속에서 죽어간 이들을 형운도, 진예도 잊을 수 없을 것이다. 가슴속에 묻어둔 슬픔은 언제고 불쑥 자신을 찾아와 그들을 떠올리게 하리라.

"약소하지만 받아주세요."

진예가 가죽 주머니를 내밀었다. 형운은 받기도 전에 그 내용물을 눈치채고 고개를 저었다.

"괜찮습니다."

"부디 저를 무안하게 만들지 말아주세요. 이런 것밖에 드릴 수 있는 게 없어서 안타깝지만, 그래도 이것만은 지금의 우리에게도 아쉽지 않게 있으니까요."

그렇게까지 말하는데 받지 않을 수가 없었다.

진예가 준 것은 대량의 설빙석이었다. 같은 부피의 금보다도 훨씬 값어치 있는 선물이라 이것만 내다 팔아도 평생 풍족하게 놀고먹을 정도의 돈이 되리라.

물론 진예도 이것이 제대로 된 보상이 될 수 있다고는 생각하지 않는다. 하지만 지금으로서는 이것이 그녀가 보일 수 있는 최대한의 성의였다.

"또 찾아뵙겠습니다."

형운은 그렇게 백야문과 작별을 고했다.

그리고 나자 마곡정이 다가왔다. 형운은 그를 보며 입을 열기를 망설였다. 아직 그에게 확답을 듣지 못한 일이 있기 때문이었다.

바로 이후 마곡정의 거취 문제였다.

형운이 주저주저하는데 마곡정이 그의 어깨를 툭 치면서 말했다.

"먼저 가서 불벼락 좀 다 맞아놔라. 네가 맞을 거 다 맞고 나면 내가 갈 때쯤에는 잠잠해지겠지."

"뭐? 곡정아, 너……."

형운이 놀란 눈으로 그를 바라보았다. 그러자 마곡정이 머쓱해하며 말했다.

"돌아가기로 했어."

"진짜?"

"그럼 이런 걸로 농담 따먹기나 하겠냐? 시간이 좀 걸리겠지만… 상황이 좀 안정된다 싶으면 돌아갈 거야. 예은이한테 말 좀 잘해줘라."

마곡정은 그렇게 말하며 예은에게 보내는 서신이 든 봉투를 형운에게 맡겼다. 그러더니 좀 머뭇거리다가 덧붙였다.

"…껄끄럽겠지만 사부님이랑 오랑 사형한테도 소식 전해주고."

"걱정 마. 당연히 전해줘야지."

"고민을 많이 하긴 했어. 아직도 이래도 되는 건지 확신이 없긴 한데……."

마곡정이 쓴웃음을 지으며 설산 한쪽을 바라보았다. 청안설표 일족의 보금자리가 있는 방향이었다.

"다들 그런 생각 하지 말고 가라고 말해주더라."

"너희 일족들이?"

"응."

마곡정은 자신의 고민을 일족들에게 말하지 못했다. 당연히 일족들이 자신이 남아주길 바라고 있을 것이라고 지레짐작했기 때문이다.

그런데 며칠 전, 일족의 어른들이 찾아왔다.

2

"곡정이 네가 보기에는 우리 중 누가 우두머리를 맡기에 적합한 것 같으냐?"

"네?"

마곡정은 생각도 못 한 질문에 눈을 크게 떴다.

"네 안에 그분의 잔재가 남았으니 본능이 이끄는 대로 한 명만 골라봐라. 네가 골라주는 쪽이 내단을 왕창 먹고 영격을 키워서 우두머리 노릇 하기로 했다."

"……."

"왜 그러느냐?"

"아니, 그게……."

마곡정은 당황해서 머뭇거리다가 자신이 고민하던 문제를 털어놓았다.

그러자 일족의 어른들은 서로를 바라보다가 웃음을 터뜨렸다.

"와, 어린놈이 참 맹랑한 고민을 하고 있었구먼."

"어휴, 이거 듣고 있자니 부끄럽다, 부끄러워."

"그러게. 얘가 이런 고민을 하고 있는데 까맣게 모르고 있었으니."

한바탕 웃은 그들이 물었다,

"네가 어릴 때의 일을 기억하고 있느냐? 여길 떠날 때 말이다."

"잘은 기억 안 납니다."

그렇게 말한 마곡정의 뇌리에 문득 이질적인 기억이 떠올랐다. 마곡정 자신의 관점이 아니라 타인의 관점에서 어린 그를 바라보는 기억이었다.

'아, 이게 그때의……'

청륜이 다른 일족들과 함께 고아가 된 마곡정의 거취를 이야기하던 때의 기억이 분명했다.

자신의 기억이 아니라 흐릿하다. 그런데도 무슨 일이 있었는지 잘 이해도 못 했던 어린 시절 자신의 기억보다는 더 선명해서 기묘한 느낌이 들었다.

"우리는 그때 너를 일족에서 키울지 아니면 인간 세상의 일원으로 키울지를 놓고 갑론을박을 벌였다."

"하지만 결국 인간들에게 보내기로 결정했었지. 이유는 네가 인간의 자식으로 태어났고, 영수의 피를 이은 인간으로서는 1세대도 아니고 2세대이기 때문에 인간으로 사는 편이 낫다고 보기 때문이었지만……."

"그래도 네 입장에서 보면 우리가 너를 버렸다고 원망할수도 있는 상황이었지. 네가 그렇게 생각하지 않는다는 점이 우리는 참 고마웠단다."

마곡정은 그들을 원망하기는커녕 그들이 어려움에 처했다는 소식을 듣고는 주저 없이 먼 길을 달려와 주었다. 그리고 목숨 걸고 싸워서 실제로 한번 죽었다가 살아나기까지 했다.

"그분의 희생으로 살아난 것 때문에 네가 부채감을 느낀다는 건 알겠다. 하지만 그러지 말거라. 네 안에 있는 그분의 마음은 어떻더냐?"

"……."

"네가 인간 세상으로 돌아가길 바라시겠지? 그분이라면 분명 그러실 게야."

마곡정이 입을 다물었다. 그 지적대로 그의 내면에 자리한 청룡의 마음은 그가 인간 세상으로 돌아가 자신의 삶을 살기를 바라고 있었다.

"하지만……."

"하지만은 무슨. 너는 그 뭐냐, 세련된 도시의 인간 아니냐. 저번에 와서 수련받을 때도 측간이 있으면 좋겠다느니 무슨 요리가 먹고 싶다느니 대장장이 만나기가 왜 이렇게 힘드냐느니… 아무튼 좀 징징거렸냐?"

"……."

마곡정이 얼굴을 붉혔다.

그것도 벌써 8년도 더 전의 일이다. 처음으로 형운에게 패한 마곡정이 영수의 힘을 다스릴 방법을 찾아서 더 강해지겠다는 일념으로 일족에게로 돌아왔던 그때.

당시 마곡정은 오랫동안 풍성의 제자라는 신분으로 살아왔기에 곱게 자란 도련님이었다. 무인으로서 불편한 생활도 경험해 보기는 했지만 그것이 그의 일상은 아니었다. 당연히 척박하기 그지없는 설산의 생활에 불만이 많을 수밖에.

키득거리던 일족의 어른들이 말했다.

"너는 우리한테 충분히 많은 걸 해줬다. 그러니까 빛을 졌다거나 책임을 져야겠다거나… 그런 건방진 생각일랑 집어치워라."

그들이 그렇게 말해준 덕분에 마곡정은 마음을 정할 수 있었다.

3

설산을 떠난 형운과 가려, 서하령 세 사람은 별의 수호자 설운성 지부로 향했다. 돌아가기로 한 이상 설운성 지부를 통해 소식을 알리는 편이 좋다고 여겼기 때문이다. 그리고 설산에 처박혀서 바깥세상과 단절된 시간을 보냈으니 그동안 일어난 소식들을 알아둬야겠다는 생각도 있었다.

"예상대로군."

형운은 쓴웃음을 지었다.

세 사람의 방문을 받은 설운성 지부장은 크게 놀라 총단에 연락을 취했다. 그리고 곧바로 장로회가 시급히 귀환할 것을 명령했음을 전해주었다.

"누구 씨 덕분에 같이 서둘러야겠네."

서하령이 눈을 흘겼다.

형운과 달리 그녀는 죄지은 것이 없으니 서둘러 귀환할 이유가 없었다. 하지만 형운과 가려만 먼저 가라고 하기도 애매한 노릇이라 같이 고생해야 할 것 같았다.

"음. 근데 그렇게까지 서두르는 일정은 아닐 것 같아."

"왜?"

"설운성 무인들로 호위부대를 구성할 테니까 그들과 함께 이동하라는데? 그리고 진해성으로 들어오면 총단의 인력으로 교대할 거래.”

“말이 호위지 호송부대라고 봐야겠네.”

“혹시라도 딴 데로 새지 말고 돌아와서 문초를 받으라는
뜻이지. 근데 호위부대랑 같이 가면 돌아가는 일정은 느긋하
겠다.”

“저쪽은 분명 빡빡하게 우리를 끌고 다닌다고 생각할 텐
데.”

서하령이 키득거렸다.

설산에 올 때 그들은 정말 믿어지지 않을 정도로 빠르게 이
동했다. 그들을 호위할 이들이 아무리 일정을 빡빡하게 잡는
다 한들 그들에게는 전혀 빠르게 느껴지지 않으리라.

4

형운 일행은 설운성 지부에서 파견된 호위부대와 함께 진
해성 쪽으로 향했다. 하지만 그 기간이 별로 길지는 않았다.
그들 나름대로 서둘러서 진해성 접경지대를 향해 열흘 정도
이동한 후 한발 앞서 그곳으로 대기하고 있던, 총단에서 파견
한 호위부대와 임무를 교대하게 되었던 것이다.

“오랜만입니다.”

총단에서 파견한 호위부대의 지휘관은 형운도 알고 있는

인물이었다.

하지만 이곳에서 보게 될 줄은 전혀 예상치 못한 인물이라 형운은 놀란 기색을 감추지 못했다.

"오랜만이군요, 손 대주님."

눈이 부리부리하고 수염을 길게 기른, 기골이 장대한 중년 사내는 이제는 전임 수성이라고 불러야 할 윤호현의 대제자인 손두언이었다. 풍령국 본단의 상검대주이며 난화육검 중에 한 명이기도 한 그가 이런 임무의 책임자를 맡고 있는 상황은 형운으로서는 짐작하기가 어려웠다.

형운은 손두언의 스승인 윤호현을 시한부 인생에서 회생시켜 준 은인이다. 그렇기에 형운은 그에게 부담 없이 질문을 던질 수 있었다.

"사정을 들을 수 있겠습니까?"

"대주님이 총단을 비운 동안 많은 일이 있었습니다. 차근 차근 설명해 드리지요."

손두언은 훨씬 연배가 낮은 형운에게 꼬박꼬박 존대했다. 형운은 풍령국에 머물 당시 부담스러워서 말을 낮춰달라고 했지만 손두언은 그 점에서는 완고했다.

"제가 총단으로 오게 된 것은 영한이 때문이었습니다. 사부님께서는 저와 영한이가 다 하운국 총단으로 가길 바라셨지만 저는 풍령국 본단을 떠날 생각이 별로 없었지요. 하지만 영한이는 총단에서 장래를 개척해 보고 싶어 했고, 그것을 위해서 신년 비무회에 참가했습니다."

손두언은 사제인 구영한의 보호자로서, 그리고 그가 총단에 자리 잡는 동안 사부의 인맥을 통해서 도움을 줄 목적으로 하운국 총단에 왔다. 그러니 총단 소속으로 임무를 수행하는 일은 그의 예정에 없는 일이었다.

이쯤에서 형운이 물었다.

"구 단주는 신년 비무회에서 좋은 결과를 거두었습니까?"

"총단으로 소속을 옮기게 되어서 이제는 저도 대주가 아니고, 영한이도 단주가 아니기는 합니다만……."

손두언이 쓴웃음을 지었다.

구영한은 4강전에서 형운의 사제인 어경혼을 만나 패했고, 그 뒤로 3위 결정전에서 승리를 거두었다.

"결승전은 대주님의 두 사제, 양우전과 어경혼의 대결이었습니다."

"경혼이가 결승까지 올라갔다고요?"

형운이 놀람을 금치 못했다. 영성의 제자단은 유년 시절 인재육성계획에서 높은 평가를 받았던 아이들이고, 그 후로 귀혁의 지도와 최상의 지원을 받았으니 다들 또래에서는 우월한 실력을 자랑했다.

하지만 어경혼은 그중에 그리 두각을 드러내는 편은 아니었다. 재작년 10월에 척마대에 들어온 후로 1년간 경험을 쌓으면서 다른 대원들에게 신뢰받는 실력자가 되었고, 신체 조건이 굉장히 좋아지기는 했지만 신년 비무회 결승 무대까지 올라갈 줄은 몰랐다.

"구 단주도 3위로 입상했다면 총단에서 자리 잡기는 용이할 겁니다."

"그렇겠지요. 하지만 영한이는 많이 분해했습니다. 내년에는 꼭 이기겠다고 투지를 불사르고 있더군요."

손두언은 허허 웃고는 말을 이었다.

"알고 계시는지 모르겠지만 차기 수성은 남차대 부대주였던 이선광으로 확정되었습니다."

"음. 몰랐습니다. 후보가 여럿 있었던 것으로 아는데 그분으로 확정되었군요."

형운은 가슴 한구석이 욱신거렸다. 이미 각오한 일이기는 했지만 확정적이었던 수성 자리가 다른 이에게 넘어갔다는 사실은 입맛이 썼다.

손두언이 말했다.

"아직 공식으로 발표되진 않은 사실이니까요. 본인은 내켜 하지 않았다는데 장로회에서 강력하게 설득했다고 합니다."

경력과 무공 양쪽이 두루 강력한 인물이니 그럴 만도 했다. 당장 수성직에 올라서 거대한 조직을 굴리는 업무와, 오성의 무력을 필요로 하는 실전 업무를 모두 수행할 수 있는 능력자인 것이다.

"그런데 그분이 보통 내켜 하지 않는 것이 아니었는지라 장로회에서는 그분의 마음이 변하지 않는 한 3년 안에 후계자를 찾아주겠다고 했답니다."

이 대목에서 손두언은 말하는 태도가 조심스러워졌다.

장로회는 손두언에게 3년 후, 수성직을 계승할 후보자가 되어줄 것을 부탁했던 것이다.

손두언은 야심도 공명심도 없는 인물인지라 수성의 대제자라는 배경에도 불구하고 총단에서 주목할 정도의 경력을 쌓지 못했다. 그러나 풍령국 본단에서의 활약만으로도 그의 무공만큼은 오성의 자리를 넘볼 만한 수준임이 입증된 상태였다.

장로회는 손두언이 앞으로 3년간 총단에서 경력을 쌓는다면 충분히 차기 수성 자리에 오를 만한 인재라고 판단했다. 그 말고도 후보자가 몇 있기는 하지만 무력만으로는 지금 당장 오성에 오를 만하다는 점이 장로회로 하여금 그를 확보해 둬야 할 필요성을 느끼게 한 것이다.

손두언은 이 제안을 두고 망설였지만 사부인 윤호현의 뒤를 잇는다는 상징성에 마음이 끌려 결국 받아들이고 말았다. 그리고 아직 적당한 직위를 받기 전에 형운을 호위하는 임무를 맡아 이곳에 오게 되었다.

"그렇게 된 일이군요. 축하드립니다."

형운이 축하의 말을 건넸다. 자신이 놓친 자리를 그가 차지했다고 생각하니 속이 쓰린 것도 사실이었다. 하지만 여기서 불편함을 드러내서 옹졸한 사람이 되고 싶지 않았다.

'나도 참. 이런 때에도 허세는 부리게 되는군.'

하지만 그런 허세라도 부리지 않으면 스스로를 상처 입힐 뿐이다.

손두언은 형운에게 미안함을 느꼈지만, 그런 속내를 드러내 봤자 서로에게 좋을 것이 없음을 알기에 담담한 기색으로 축하를 받아들였다.

5

돌아오는 길은 무탈했다. 중간에 눈으로 인해서 발목 잡히는 날이 있었지만 그래도 설운성을 떠난 후로 총단에 도착하기까지 소요된 시간은 채 한 달이 되지 않았다.

2월 말로 접어든 지 며칠 지나지 않은 시점에서 형운은 총단으로 돌아왔다.

"이러니저러니 해도 두 달 만이구나."

총단 정문을 통과하면서 형운이 중얼거렸다.

작년 12월 중순에 총단을 설산으로 향한지 두 달 만에 돌아왔다. 갈 때는 뒷문으로 도망치듯 총단을 빠져나왔는데 돌아올 때는 당당하게 정문으로 들어오니 우습다는 생각도 들었다.

서하령이 말에서 내리며 말했다.

"그럼 수고해."

"그래."

형운은 쓴웃음을 지었다.

호위부대는 서하령이 가는 것을 붙잡지 않았지만 형운은 사정이 달랐다. 곧바로 장로회에 출두하는 것이 결정되어 있었다.

'피곤하겠군.'

형운은 각오를 다졌다. 이전에도 장로회에 출두한 적이 있었고, 문책을 받아본 경험이 있지만 이번에는 그때와는 완전히 사정이 다르다. 그때는 조직의 일원으로서 그 문책에 반박할 근거를 충분히 갖추고 있었지만 이번에는 온전히 자신이 저지른 일에 대한 대가를 받아야 하니까.

회의장에 들어서자 이미 모두가 기다리고 있었다. 외부로 나가 있는 세 명을 제외한 아홉 명의 장로들과 총단 소속의 오성 세 명,

형운은 귀혁에게 가볍게 묵례했고 귀혁도 살짝 고개를 끄

덕였다.

그리고 초후적을 바라보니 그는 뭔가 묻고 싶은 것이 있는 표정이었다. 형운은 의미심장한 눈짓만을 보내고는 그 옆에 앉은 사람을 바라보았다.

'이 사람이 새로운 수성인가.'

얼마 전까지는 남차대 부대주였지만 이제는 새로운 수성의 자리에 오른 초로의 무인, 이선광이었다.

그의 눈길을 받는 형운은 입맛이 썼다. 이미 각오했고, 포기한 일이기도 했지만 그럼에도 자신의 것이 확실시되었던 권좌에 다른 누군가가 앉아 있는 것을 보니 그런 감정이 떠오르는 것은 어쩔 수가 없었다.

"척마대주 형운."

회의 시작을 알리자 가장 먼저 입을 연 것은 운 장로였다. 그는 매서운 눈으로 형운을 바라보며 물었다.

"자신이 무슨 짓을 저질렀는지는 잘 알고 있겠지?"

"예."

형운은 순순히 인정했다. 워낙 일을 크게 저질렀고, 항변할 만한 명분이 전혀 없는 상황이라 그와 기 싸움을 벌일 이유가 없었으니까.

"자네는 총명하고 능력 있는 젊은이였지. 그런데 어쩌다 이런 일을 저질렀는지 모르겠군. 우리 모두 자네를 차기 수성으로 결정해 두고 있었거늘."

"장로님들의 기대를 저버린 것에 대해서는 죄송하게 생각하고 있습니다. 처벌도 달게 받을 생각입니다."

형운은 장로들을 향해 자신의 신념을 설파하지 않았다. 지금 그는 철저하게 별의 수호자라는 조직의 일원으로서 이 자리에 서 있는 것이었으니 개인의 신념을 이유로 조직에 항변하는 것은 무의미한 짓이다.

중립파 장로들과 운 장로 반대파 장로들은 안타까움과 실망을 담아 사무적으로 형운이 저지른 일을 이야기했다.

그리고 운 장로 일파는 기회는 이때라는 듯 감정을 실어서 형운의 잘못을 추궁해 왔다.

형운은 그들의 태도가 짜증스러웠지만 그렇다고 감정을 곧이곧대로 드러내서 약점을 만들 정도로 어리숙하지 않았다. 그러기에는 지금까지 겪어온 일들이 너무 많지 않은가.

하지만 그러거나 말거나 형운의 입장은 약점투성이였다. 이 자리에서 추가로 약점을 만들지 않는다 한들 징벌을 피할 수가 없었다.

장로들은 형운을 앞에 두고 한참 갑론을박을 벌인 끝에 그에 대한 처벌을 확정 지었다.

"형운, 자네를 척마대주직에서 해임한다."

"……."

가슴에 쿵 하고 무거운 돌이 내려앉는 것 같았다.

하지만 형운은 잠시 표정을 굳혔을 뿐 금세 냉정함을 되찾았다. 왜냐하면 이미 예상한 바였기 때문이다.

'언제나 가장 싫은 경우를 예상하면 들어맞는 법이지.'

돌아오는 길에 서하령과 같이 예상한 것이 그대로 들어맞았다.

설산으로 가면서 척마대주로서의 의무를 저버렸다고 추궁받으니 대답할 말이 없는 것이 사실이었다. 그리고 그 전에는 형운이 사실상 차기 수성으로 확정된 분위기로 차기 척마대주를 누구로 할 것인가가 쟁점인 상황이기도 했으니 이런 결말은 필연이라고 할 수 있으리라.

"그리고 1년간 면직을 명하겠다. 앞으로 1년간 장로회의 연구 협력을 제외한 어떤 임무도 맡을 수 없을 것이다."

이 처벌에는 형운은 오히려 안도의 한숨을 쉬었다.

경력의 최정점을 달리던 형운에게 있어서 1년간 경력이 단절되는 것은 상당히 타격이 크다. 하지만 형운이 예상한 최악의 상황에 비하면 가벼운 처벌이었다.

'한 3년쯤 징계면직에 무조건 장로회 연구 협력자로 묶일 것까지 각오했는데 다행이군.'

설산에서 뭔가 장로회가 혹할 만한 성과라도 가져왔으면 모를까, 이번에는 형운 개인이 얻은 것은 있어도 조직에 도움이 될 만한 것은 아무것도 못 가져왔다.

그런데도 이 정도로 끝난 것은 형운이 지금까지 세운 공로가 워낙 높은 데다 오랫동안 면직시키기에는 형운의 존재감이 너무 크기 때문이리라. 명성도, 업적도, 인맥도 너무 아깝다.

"이의가 있는가?"

장로들의 물음에 형운은 공손히 대답했다.

"없습니다. 처벌을 받아들이겠습니다."

그렇게 형운은 척마대에서 쫓겨나는 신세가 되고 말았다.

6

귀혁은 공무에 붙잡혀 있었으므로 형운은 간단하게 인사만 올리고 자신의 처소로 돌아왔다. 들어가자마자 안절부절못하고 있던 예은이 달려와서 물었다.

"공자님! 곡정이는……."

"걱정하지 않아도 돼."

형운은 빙긋 웃어주며 그녀를 다독였다. 그 말에 불안으로 가득했던 예은의 얼굴이 풀어지며 비틀거렸다.

"아."

형운이 얼른 그녀를 붙잡아주었다. 오랫동안 불안과 긴장에 시달리다가 안도하는 바람에 다리의 힘이 풀렸던 것이다.

"죄, 죄송해요."

"죄송하긴. 미리 알려주지 못해서 미안해."

—내가 돌아올 때도 그랬지만 곡정이의 상황도 공식적으로는 전하기가 민감한 상태거든. 곡정이 입장에서는 최대한 행방불명 상태로 있는 게 좋아. 앞으로는 정기적으로 서신을 보내겠다고 했어. 네 서신도 전해줄 수 있고.

형운이 전음으로 말한 것은 안에 손님이 와 있는 것을 감지했기 때문이다.

"감사합니다……."

안도한 예은의 눈가가 축축해졌다. 그녀는 애써 울음을 참으며 손수건으로 눈가를 훔쳤다.

형운이 귀환한다는 소식이 전해진 것이 거의 한 달 전의 일이다. 형운은 예은에게도 미리 소식을 전했지만 혹시 자신의 연락이 다른 곳으로 유출될 것을 우려해서 마곡정에 대한 것은 언급하지 못했다. 그러니 예은은 근 한 달 동안이나 마곡정이 죽었을지도 모른다는 두려움에 시달려야 했던 것이다.

잠시 후, 진정한 예은이 얼굴을 붉혔다.

"죄송해요."

"괜찮다니까?"

"아니, 저는 공자님의 시비인데… 오랜만에 오셨는데 제대로 인사도 못 드리고 그런……."

어려서부터 형운의 시비로 일해온 예은은 직업의식이 투철했다. 그런데 자신의 사정을 앞세워 형운에게 취해야 할 최소한의 예의조차 잊어버렸다는 사실이 부끄러웠다.

"신경 쓰지 마."

그런 예은의 내심을 알아차린 형운은 피식 웃으며 품에서 마곡정의 서신을 꺼내서 예은에게 쥐여주었다.

예은은 잠시 동안 그 서신을 빤히 바라보고 있었다. 그리고 그것이 잘못 만지면 부서지기라도 하는 것처럼 조심스럽게 품에 안았다.

그 모습에서는 보고 있자면 낯간지러울 정도로 달콤한 감정이 피어났다. 형운은 자기도 모르게 슬쩍 눈길을 피하며 생각했다.

'곡정아, 너 진짜 예은이한테 잘해야 된다.'

잠시 그녀가 감상에 빠지도록 배려한 형운이 말했다.

"오늘은 이대로 퇴근해도 괜찮아. 힘들었을 테니 들어가서……."

"괜찮아요. 모처럼 공자님이 돌아오셨는데 그럴 수는 없지요."

예은은 웃으면서 고개를 저었다. 형운은 그녀를 잠시 바라보다가 마주 웃었다.

"뜻대로 해. 근데 손님이 온 것 같은데?"

"네. 응접실에서 기다리고 계세요."

형운은 예은에게 외투를 맡기고는 응접실로 향했다.

강연진과 어경혼이 와 있었다. 형운은 자신에게 예를 표하는 두 사람에게 의외라는 시선을 보냈다.

"웬일이냐?"

"예?"

"아니, 연진이 너는 오면 오 소저랑 같이 오지 않을까 했는데 웬일로 경혼이랑……."

"…마치 제가 오연서랑 친한 것처럼 말씀하시는군요. 저 그 여자랑 안 친합니다."

"친하잖아?"

무슨 소리를 하느냐는 듯 한마디 한 것은 어경혼이었다. 그러자 강연진이 그를 째려보며 말했다.

"안 친해. 한 번도 친한 적 없다."

"만날 붙어 다니잖아."

"천공지체 연구 때문에 붙어 다니는 것뿐이다."

"말하는 거 보니 되게 친해 보이던데… 이름도 막 부르고. 난 그래서 둘이 사귀는 줄 알았구만."

"절대 아니다. 그러고 보니 요즘 종종 그러냐고 물어보는 사람들이 있던데 혹시 네가 입방정 떤 게 원인인가?"

"야, 네가 그렇게 노려보면 무섭거든? 그리고 그런 소문 도는 줄 이제 알았냐? 한참 전부터 주변에서 수군거리더만. 못 믿겠으면 아무나 붙잡고 물어봐."

"……."

강연진이 표정을 구겼다.

형운은 참 신기한 광경을 다 본다는 듯 웃으며 물었다.

"경혼이 너는 웬일이냐?"

"와, 너무하십니다. 제가 사형 걱정해서 와볼 수도 있는 거 아닙니까? 척마대원 입장에서 대주님 걱정해서 온 것일 수도 있고."

"친한 척하지 마라, 징그럽다."

형운은 장난스럽게 구박하고는 물었다.

"근데 진짜 둘이 언제부터 친했냐?"

"좀 됐죠."

어경혼이 강연진과 어깨동무를 하면서 말했다. 강연진은 떨떠름한 표정이었지만 딱히 손길을 거부하지는 않았다. 그의 성격을 잘 아는 형운은 그것만으로도 둘이 진짜로 친해졌음을 알고는 놀라워했다.

"제가 척마대 들어갈 때 연진이한테 이것저것 조언을 구했거든요. 그 후로 천공지체 연구진 쪽에서 대련 상대로 불려가기도 하고 그러면서 친해졌어요."

"호오."

형운은 그동안 강연진과 다른 영성의 제자들 사이의 관계가 어떻게 변해왔는지 어느 정도는 알고 있었다. 그들 중에 가장 먼저 강연진에게 과거의 잘못을 사과하고 친분을 다지려고 한 것이 어경혼이라는 것도 알고 있었는데, 그렇다고는 해도 표면적으로 적의를 지우는 정도가 아니라 진짜로 친해졌다는 사실은 꽤 놀라운 부분이었다.

어경혼이 말했다.

"이번에 신년 비무회 준비할 때도 연진이가 도움을 많이 줬고요."

"아, 준우승한 것은 들었다. 축하해."

"감사합니다. 결승전에서는 꼴사납게 져버려서 축하받기도 좀 민망하긴 하지만……."

"무슨 소리야. 결승까지 가는 동안 쟁쟁한 상대들과 싸워서 이겼잖아. 충분히 자랑스러워할 만한 성과지."

어경혼이 얼굴을 붉혔다. 지금까지 별로 가까운 사이가 되진 못했지만 형운은 그에게 있어서 동경과 선망의 대상이었다. 그렇기에 강연진에게 조언을 구해가면서 척마대에 입대했던 것이다. 그런 형운의 칭찬을 받자 기분이 좋았다.

강연진이 말했다.

"무사히 돌아오셔서 다행입니다. 설산 가서서 소식이 두절

되어서 걱정을 많이 했습니다. 설산 쪽으로 출입 자체가 금지되었다는 정보를 접하고서는 사부님도 많이 걱정하셨고요."

"걱정 끼쳐서 미안해. 안에서 연락할 수 있는 상황이 아니었거든. 여기까지 오면서 들어보니 그동안 일이 많았던 모양이더구나."

"그랬죠."

"백운지신 연구진이 꽤나 활기가 도는 모양이던데, 천공지체 쪽은 어떠냐?"

"슬슬 성과 입증을 위한 임무 투입에 들어갈 예정입니다. 좀 더 빨리 하자는 의견도 많았지만 이 장로님께서 마무리에 신중을 기울이고 싶어 하셔서요."

"경혼이 입장에서는 좀 싫은 화제일 수는 있겠는데… 우전이는 어땠어?"

"크으, 정말 싫은 화제네요. 뭐, 싸워본 입장에서는 정말 세긴 하더군요. 역시 연구진을 배경으로 업고 지원을 받으니 능력을 개발하는 게 엄청 빠른 것 같아요."

어경혼이 쓴웃음을 지었다.

그도 영성인 귀혁의 제자로서 남부럽지 않은 빵빵한 지원을 받으면서 성장해 온 입장이기는 하다. 하지만 역시 뛰어난 인적자원 수백 명이 투입되어서 한 사람을 지원하는 거대 규모의 연구 계획의 수혜를 입고 있는 양우전과는 근본적인 격

차를 실감할 수밖에 없었다.

"내가 지난번에 자료를 제공한 것도 반영되었을 것 같은데… 연진이 네가 보기에는 어때?"

"확실히 그런 것 같습니다. 그때에 비하면 백운지신의 능력을 사용하는 것이 훨씬 능숙해진 것 같더군요. 그리고 도중에 한번 커다란 기류의 이동을 느꼈습니다."

"무슨 뜻이지?"

"우전이가 경혼이보다는 대진 운이 훨씬 좋긴 했습니다만, 그래도 결승까지 올라가면서 제법 기력 소모를 하기는 했습니다. 하지만 결승전에서는 전신 기맥에 진기가 충만한 상태로 나타났죠."

"그거야 나도 진기 회복 비약을 마셔서 마찬가지였는데."

"그 정도가 아니었어. 너는 그때까지 자잘하게 부상도 입었고, 피로도 많이 누적되어서 회복률이 별로였지. 하지만 우전이는 거의 최상의 상태였다."

"아무래도 백운지신과 백운단의 연결은 실전에서 써먹을 수 있을 정도로 완성된 모양이군."

형운은 강연진의 말이 의미하는 바를 알아들었다.

백운지신 연구진이 발표한 바에 따르면 백운지신은 백운단과 연결되어 있다. 진기가 고갈된 상태더라도 백운단으로부터 공간을 초월하여 기운을 보급받는 것이 가능하다.

양우전은 신년 비무회를 치르는 과정에서 그 기능의 수혜를 입었을 가능성이 높았다.

"대단하군. 백운단이 보관된 시설은 운벽성 쪽에 있지 않나?"

"성도의 탑에도 설치되었습니다."

"아, 그런가? 그럼 운벽성에서 여기까지 그 기능을 사용하지는 않았겠군. 추후에는 어떻게 될지 모르겠지만……."

그렇다고는 해도 엄청난 기능이기는 하다. 필요한 시설이 갖춰져 있기만 하면 거의 무한의 내공을 쓸 수 있다는 것 아닌가?

물론 그 점은 천공지체도 마찬가지이기는 하다. 하지만 개인의 의지로 그 일이 가능한가, 아니면 통제권을 조직 측에서 쥐고 있다가 한순간에 공간을 초월하여 힘을 보내줄 수 있는가는 대단히 큰 차이점이다.

강연진이 말했다.

"그리고 제가 보기에는 백운지신의 능력을 빼고 보면 경혼이가 우위인 부분도 있었습니다."

"야, 왜 이래? 변명할 구석도 없이 일방적으로 당했는데."

"난 사실을 말하는 것뿐이다."

어경혼이 부끄러워했지만 강연진은 무덤덤하게 그를 옹호했다.

형운은 흥미가 동해서 물었다.

"경훈이 너, 지금 나랑 내기 한번 해볼래?"

"사행이랑요?"

"그래, 실력 한번 보자."

"아, 뭐 저야 좋긴 한데… 괜찮으세요? 막 여행에서 돌아오신 참인데."

아경훈은 그렇게 말했지만 말과 달리 눈은 반짝반짝 빛나고 있었다.

7

아경훈은 앙우검과 동갑이라 강연진보다는 한 살 밑이다. 올해로 스물한 살이 된 그는 형운과 눈높이가 거의 정도의 장신에 떡 벌어진 걸쭉었다. 약간 마른 편이기는 하지만 전신을 빈틈없이 단련해서 탄탄 남지는 근육을 갖추고 있었다.

천공지체인 강연진이나 백운지신인 앙우검처럼 이질적인 특성을 갖고 있지는 않다. 하지만 성장기에 접어들면서 신체 조건이 부쩍 좋아져서 그런지 척마델 기준으로 봐도 상당한 실력을 갖추고 있었다.

'이 정도면 부대주급인데? 내공이 4심이라 좀 어렵긴 한데, 5심이 되기까지 그리 먼 것 같지도 않고…….'

형운은 놀랐다.

종종 귀혁의 지도하에 단계 수련을 하긴 했지만 본격적으로 개인 대련을 해 본 것은 참으로 오랜만의 일이다. 그렇게 확인한 여경혼의 실력은 생각 이상으로 뛰어났었다.

'무심반사장 활용도 능숙하고, 광풍혼과 중앙진도 나무랄데가 없는 수준이군. 환허무궁보(幻虛無窮步)는 연전이 보다도 나아.'

귀혁의 환허무궁보는 위나 변화무쌍한 감각을 요구하는 보법이라 형운은 익히지 못했다.

몸은 지금이라면 익힐 수 있을지도 모른다. 신체 조건이 어린 시절과는 비교할 수 없을 정도로 향상되었고, 무공에 대한 이해와 경험이 쌓였으니까.

하지만 형운은 지금 와서 굳이 그럴 생각이 없었다. 그에게는 귀혁이 광춘신법과 딱 맞아떨어지는 형태로 창안한 풍량보(風浪步)가 있었으니까.

여쨌든 그런 환허무궁보를 여경혼은 완숙하게 쓰고 있었다.

'유연해. 자기 몸이 강점을 아주 잘 살리고 있군.'

강건한 근육질의 몸을 지닌 강엽진과 달리 유연하고 탄력 있는 몸을 지니고 있었기 때문이다. 여경혼은 그런 자신의 신체 특성을 잘 이해하고 장점을 극대화시키고 있었다.

"아주 좋은데? 내가 보기에는 한 반년만 대응 훈련을 하면 우전이를 잡는 것도 가능하겠어."

"엥? 진심으로 말씀하시는 거예요?"

어경혼이 믿을 수 없다는 듯 물었다.

왜냐하면 형운과의 대련해 보니 도무지 자기가 칭찬받을 만한 구석을 찾을 수가 없었기 때문이다. 형운은 완전히 놀아 주는 감각으로 어경혼의 장점을 끌어내서 모든 실력을 발휘할 수 있게 해주었고, 그것을 너무나도 여유롭게 받아내어서 가늠조차 할 수 없는 실력 차를 느끼게 만들었다.

'차라리 압도적으로 찍어 누르면 모르겠는데, 이건 무슨 사부님 상대하는 기분인데. 진짜 열세 살에 무공에 입문해서 이렇게 될 수가 있나?'

어경혼 입장에서는 그렇게 느껴질 정도였다.

형운이 피식 웃으며 강연진에게 물었다.

"연진이 네가 보기에는 어떠냐?"

"음. 잘 모르겠습니다. 순수하게 무공으로 보면 그럴 수도 있겠지만 백운지신의 능력이 워낙 막강하잖아요?"

"그렇지. 근데 너도 순수하게 무공만으로 보면 이길 수도 있다고 보는 거잖아?"

"실전이 아닐 경우에 한정하면요."

거침없이 살수를 쓰는 실전이라면 승산이 없다. 왜냐하면 백운지신의 신체 능력은 거의 일월성신에 준하는 수준인 데다가 내공 화후도 압도적이니까.

하지만 조건이 한정된 비무라면 어떨까? 신년 비무회처럼 살수가 금지된 무대라면…….

"뭐, 우전이는 내년 신년 비무회에는 안 나올 테니 별로 의미 없는 가정이긴 하군. 하지만 너희들 말을 듣고 보니 의문이 하나 생기는데… 우전이는 지금도 총단에 머무르고 있지?"

"네. 조만간 운벽성으로 간다고는 합니다만."

"그럼 거의 반년간 총단에 있었다는 거군. 혹시 그동안 사부님께 지도를 안 받았어?"

"몇 번 찾아뵙고 개인 지도를 받기는 했지만 저희처럼 사부님의 계획 안에서 지도받진 않았습니다. 듣자 하니 백운지신 연구진 쪽에서 무인들을 초빙해서 대련을 벌이거나, 무학원 쪽에서 제안한 전술을 훈련한다고 하더군요."

"그건 너희도 하고 있는 거잖아?"

"그렇죠."

"거기서 차이가 드러나는 것 같군."

객관적으로 볼 때 최상의 환경에서 무공을 연마하고 있다. 본인의 재능이 뛰어나고, 의지도 투철하며, 뛰어난 인력들이 그를 받쳐준다.

그런 환경은 분명 대단한 장점이다. 형운처럼 귀혁에게만 지도를 받는 상황이었다면 무공을 더 발전시킬 수 있었을지는 몰라도 백운지신의 능력을 일깨우는 것은 훨씬 뒤처져 있었으리라.

하지만 아무리 뛰어난 재능을 갖고 있어도 무공을 혼자 익히는 것에는 한계가 있다.

'성운의 기재쯤 되면 예외이기는 하겠지만······.'

형운은 그들조차도 자신을 지도하기에 충분한 능력의 소유자를 스승으로 두면 홀로 단련하는 것보다 빠르게 잠재력을 개화할 수 있음을 지켜보았다.

즉 양우전은 귀혁에게 덜 지도받는 만큼 무공을 발전시키는 것에서는 손해를 보고 있다. 그보다 재능이 떨어진다는 평가를 받았던 어경혼이 순수한 무공 면에서는 오히려 우위를 보였다는 점이 형운의 추측을 입증해 준다.

물론 양우전의 선택이 손해 보는 선택이었던 것은 아니다. 그렇게 해서 얻은 것도 분명 크니까.

'조금 안타깝기도 하군.'

형운 입장에서 양우전은 좋아할 수 없는 녀석이다. 하지만 야심을 위해 절치부심하여 노력한 결과 자신의 재능을 개화해 줄 기회에서는 멀어졌다고 생각하니 무인으로서 안타까움이 들었다.

'사부님은 어떻게 생각하실까?'

형운은 왠지 귀혁이 양우전을 어떻게 생각하고 있을지 궁금해졌다.

8

형운은 저녁이 되어서야 귀혁과 마주할 수 있었다. 형운의 의문을 들은 귀혁은 빙긋 웃었다.

"무엇을 잃고 무엇을 얻을 것인가. 그건 누구나 살면서 부딪치는 문제지. 네가 선택한 것처럼. 난 우전이가 어리석다고는 생각하지 않는다. 그리고 그게 무인으로서 꼭 손해 보는 선택이었다고 보지도 않고."

"무인으로서도 말인가요?"

그 대답은 형운에게는 좀 의외였다.

귀혁이 차를 한 모금 마시고는 고개를 끄덕였다.

"멀리 돌아가는 길이 꼭 느린 길이 아니라는 것을 너는 누구보다도 잘 알지 않느냐?"

"우전이의 경우는 오히려 제일 빨라 보이는 길을 찾아서 돌진한 셈 아닌가요?"

"요는 지금 한순간만을 보고 이야기하는 것은 별 의미가 없다는 것이다. 분명 우전이는 큰 이익을 붙잡았으니까. 나는 스스로 이룬 것에 대해서 자부심이 있지만 그렇다고 해서 백운지신 연구진처럼 수많은 인재들이 하나의 목적을 위해 모여서 그 힘을 발휘하는데 제대로 된 성과가 나오지 않을 거라고 보지도 않는단다."

별의 수호자는 결코 무인의 본질에 대해서 모르는 집단이 아니다. 그렇기에 우수한 무인들과 무학원의 무학자들이 달라붙어서 양우전을 위한 계획을 만들어내고 있지 않은가?

"다만 본인이 너무 조급해하고 있다는 점이 걱정이기는 하지. 그건 아무래도 너와 연진이 때문이겠지만⋯⋯."

"자존심이 워낙 강한 녀석이니까요."

양우전이 백운지신이 되는 길을 선택한 것은 단지 그것이 자신의 야심을 이루는 데 가장 좋다고 판단해서만은 아니었을 것이다.

사람은 때로는 정답을 뻔히 알면서도 스스로의 마음이 그것을 원하지 않기에 다른 답을 고르는 경우가 있다. 양우전의 선택 또한 그러했으리라.

귀혁이 화제를 돌렸다.

"설산은 어떠했느냐?"

"그곳은⋯⋯."

형운은 설산에서 겪은 일에 대해서 구체적으로 보고를 올리지 않았다. 이번에는 임무가 아니라 형운 자신이 백야문을 돕기 위해 간 것이니 그럴 이유가 없었으니까.

"신화의 한복판이었습니다."

형운은 설산에서 겪은 일들을 차근차근 이야기해 나갔다.

당사자가 아닌 누군가에게도 그곳에서의 경험을 전하고 싶었다. 그리고 그래야 하는 사람을 한 명만 고른다면 그것은 귀혁일 수밖에 없었다.

담담하게 이야기하려고 하지만 그럴 수 없었다. 이야기를 하다 보니 울컥 당시의 감정이 되살아나서 목소리가 떨리고 는 했다.

이야기를 들을수록 귀혁의 표정에 파문이 일듯 감정이 드러났다. 형운은 그 감정이 무엇인지 한 마디로 말할 수 없었다. 안타까움도, 슬픔도, 경의도, 그리고 후회까지도 섞인… 살아온 세월만큼이나 복잡한 감정이 주름진 얼굴을 따라서 흐르고 있었다.

"검후는… 그녀답게 갔군. 필시 백야문주로서 부끄럽지 않은 최후였을 것이야."

형운은 귀혁과 이자령의 관계가 어땠는지 정확히 알 수 없었다. 그저 조금씩 들은 이야기와 둘이 서로를 대하는 태도로 미루어 짐작할 수 있을 뿐이다.

하지만 이자령의 죽음이 귀혁에게도 큰 의미가 있을 것임은 쉽게 짐작할 수 있었다. 그것은 분명 그의 삶에서 외면할 수 없는 비중을 차지하던 존재의 상실이리라. 다른 무엇보다도 그의 얼굴에 후회가 드러나고 있다는 것이 그 사실을 실감케 했다.

어쩌면 귀혁은 형운만을 보낸 것을 후회하고 있을지도 모른다. 자신이 백야문의 상황을 좀 더 심각하게 생각했다면, 형운을 따라서 백야문에 갔더라면 이자령이 죽지 않았을 것이라고… 그렇게 생각하고 있는지도 모른다.

"애썼구나. 무사히 돌아와서 다행이다. 정말로……."

귀혁은 그런 감정을 품은 채로 형운의 무사함을 칭찬했다.

형운이 그 선택으로 인해 잃은 것들, 그리고 앞으로 감당해야 할 현실적인 문제에 대해서는 이야기하지 않았다. 그런 주제로 이야기하기에는 그의 가슴에 이는 파문이 너무 컸던 것이리라.

형운은 그런 귀혁의 모습이 낯설었다. 그리고 귀혁 역시 비슷한 느낌을 받고 있었다.

처음 형운과 만나 사제지연을 맺은 지도 벌써 13년이 다 되어간다. 길다면 길고 짧다면 짧은 시간이다.

재능도 배경도 아무것도 없었던, 그저 약자로서 억압받으며 살아온 울분만을 쌓아놓고 있던 어린 소년은 이제 어엿한 한 사람의 무인으로 자랐다.

형운을 제자로 받으면서 언젠가 자신과 어깨를 나란히 하고 같은 지평선을 바라보는 날이 오기를 기대하기는 했다. 그러나 현실적인 근거가 뒷받침되지 않은 막연한 기대 속에서조차도 그 언젠가가 이렇게나 빠르지는 않았다.

하물며 자신의 가슴속 울림을 공감해 주는 어른이 되어주리라고 그 누가 예상할 수 있었겠는가.

"……."

사부와 제자는 불현듯 세월의 흐름을 실감하며 오랫동안 시선을 마주했다. 그러다가 귀혁이 불쑥 입을 열었다.

"오랜만에 술이나 한잔하자꾸나."

"예."

둘은 오랫동안 술잔을 기울이며 이야기를 나누었다. 밤이 끝나고 동이 틀 때까지 시간의 흐름을 잊은 채로 오랫동안.

9

형운이 척마대주직에서 해임당했다는 소식은 총단을 술렁이게 했다.

이에 대한 반응은 반반으로 갈렸다.

형운이 개인적 사정 때문에 중요한 임무를 무책임하게 방기하고, 척마대라는 조직을 책임지는 대주로서의 의무도 내팽개친 것은 그만한 처벌을 받을 만하다고 하는 목소리가 반.

그리고 아무리 그래도 형운은 누구와도 비교할 수 없을 정도로 압도적인 경력을 쌓아왔고, 척마대 창설부터 지금까지 조직을 키워온 인물인데 단 한 번의 실책으로 그런 처벌을 당한 것은 너무하다는 목소리가 반이었다.

척마대의 여론은 후자였다. 형운을 흠모하여 척마대에 들어온 이들도 많았기에 장로회가 정치적인 문제로 척마대를 집어삼키려고 수작을 부렸다며 분개하는 반응이 대부분이었다.

형운은 남들 눈에 띄지 않게 조용히 척마대를 찾아갔다.

"다 제 잘못입니다. 당시 상황이 급박해서 대책도 마련해두지 못하고 사고를 저질렀으니… 죄송하게 되었습니다."

초창기부터 조직 운영에 가장 공헌한 중년의 부대주, 추성이 한숨 섞인 목소리로 물었다.

"이제 과연 어떻게 되겠습니까?"

"저도 잘 모르겠습니다. 자리를 비운 두 달간 너무 많은 변수가 나타났는지라 예측이 어렵군요."

그전까지 차기 척마대주로 거론되던 유력한 후보는 마곡정과 백건익, 오량 세 사람이었다. 화성 하성지의 제자인 아윤도 후보로 이름을 올렸지만 아무래도 별로 가능성이 없다는 여론이 지배적이었다.

하지만 마곡정이 혈족을 위해 설산으로 가면서 탈락한 데

다가 손두언이라는 변수가 나타나고 말았다.

형운 입장에서는 백건익이 척마대주를 맡아주는 것이 가장 좋다. 하지만 운 장로 일파는 백건익이 이미 파견 경호대주라는 점을 내세워서 그를 견제하고 있었고, 중립파 장로들이 손두언을 차기 수성 후보로 만들기 위해서 그럴싸한 경력을 주고 싶어 한다는 것이 문제였다.

'사실 내 입장에서는 손 대주가 맡아주는 것도 나쁘지는 않지.'

수성 윤호현은 정치적으로는 중립에 속했던 인물이었다. 풍령국 본단을 운영함에 있어서 총단의 뜻에 따랐다뿐이지 딱히 운 장로를 위한 행보를 보였던 것이 아니다. 그렇기에 중립파 장로들이 손두언을 밀어주고 있는 것이다.

그리고 손두언은 형운을 은인으로 여기고 있으니 형운이 척마대 운영에 있어서 반드시 지켜내고자 하는 부분들을 부탁할 수 있을 것이다.

10

징계면직을 받았는데도 형운은 한동안 정신없이 바빴다.

처벌로 인해서 많은 것을 잃었지만 그렇다고 해서 손 놓고 있을 수는 없었기 때문이다. 확실하게 자신의 아군이라고 할

수 있는 척마대 부대주들과 함께 앞으로의 대책을 논의하는
한편 비밀리에 많은 사람들을 만나고 다녔다.

백건익은 이 문제에 대해서 적극적이었다.

"허조는 요즘 어떻습니까?"

"영성께서 기초를 잘 잡아주신 덕분인지 잘 따라와 주고
있네. 내년에는 슬슬 신년 비무회에도 참가시켜 볼까 고민 중
이지."

백건익의 제자인 허조는 올해로 열 살이 되었다. 고위 영수
인 육령조의 손자인 데다가 백건익의 제자가 된 후로 3년 동
안 성실하게 무공을 익혔기에 실력이 상당히 늘어 있었다. 내
년에 유소년부에 참가한다면 좋은 성과를 기대해 볼 만했다.

"여기 오기 전에 손 대주를 만났습니다."

"손두언이라, 내 입장에서는 정말 청천벽력 같은 사람이
지."

쓴웃음을 짓는 백건익에게 형운이 한숨 섞인 목소리로 말
했다.

"일이 이렇게 된 것은 죄송하게 생각하고 있습니다."

형운이 사고를 치지만 않았어도 손두언이 백건익을 가로
막는 강력한 경쟁자가 되는 일은 없었을 것이다.

"자네를 원망할 일은 아니지. 일이 좀 꼬인 것은 사실이지
만… 뭐, 정 미안하면 앞으로 대련이나 자주 해주게나."

"그러지요."

"그런데 그와는 무슨 이야기를 나누었나?"

"손 대주는 지금으로서는 척마대주 건에 대해서 아무런 생각이 없는 상태입니다."

"음?"

"정확히는 지금 자신이 처한 상황에 적응하기도 바쁜 상태라고나 할까요?"

"아, 좀 알 것 같군."

백건익도 형운과 함께 풍령국 본단에 머물렀기에 손두언의 인품을 알고 있었다. 야심도 공명심도 없던 소탈하고 성실한 인물이 갑자기 총단의 정치적 소용돌이에 휘말려 들었으니 정신이 없을 만도 했다.

"그리고 손 대주 본인이 별로 정치에 재주가 없는 성품이기도 하지요. 그래서 복잡하게 돌려 말하기보다는 허심탄회하게 이야기를 나눠보았습니다."

"뭐라고 하던가?"

"자신이 나서서 척마대주직을 원할 생각은 없지만 장로회에서 밀어붙이면 그건 어쩔 수 없다는 태도였습니다. 그래서 제가 몇 가지 조건을 이야기해 보았는데……."

형운 입장에서는 손두언이 척마대주가 되어도 나쁘지는 않다. 하지만 역시 백건익이 척마대주가 되는 것이 가장 좋았다.

친분만을 고려해서가 아니다. 백건익은 별다른 배경 없이 이 자리까지 올라온 입지전적인 인물이라 정치력도 충분하기 때문이다. 척마대주직을 수행하면서 외압에 휘둘리지 않으려면 그런 능력이 필요했다.

"최우선적인 조건은 구영한을 척마대 부대주로 받아서 중용해 줄 것이었습니다."

"사제를 꽤나 아끼나 보군. 구영한은 신년 비무회에서 보니 실력이 괜찮았지. 자네 사제에게 지긴 했지만."

"경혼이 실력이 좋긴 하지요. 경력만 좀 더 쌓였으면 경혼이도 부대주로 올렸으면 좋았겠습니다만……."

"내가 척마대주가 된다면 그렇게 하겠네."

"괜찮겠습니까?"

"척마대 지부 설립 문제도 있으니 어차피 부대주는 좀 더 늘려야 하지 않겠나? 그리고 오성의 제자쯤 되면 그 나이쯤에는 평대원으로 있는 쪽이 더 이상한 걸세. 부대주 직위 정도는 줘야 격이 맞지."

"하긴 그렇군요."

스물한 살이면 새파랗게 어려 보이지만 무인으로서는 이미 다년간의 경력으로 당당하게 한 사람 몫을 하는 몸이다. 형운의 경력이 독특했을 뿐 오성의 제자라면 웬만한 조직의 단주나 부대주 직위를 갖는 게 오히려 당연했다.

"또 다른 조건은 뭐가 있었나?"

"파견 경호대주직을 손 대주에게 주고, 향후 입지를 확보할 수 있도록 적극적으로 지원해 준다면 좋겠다고 했습니다."

"과연. 장로님들도 설득할 재료가 될 수 있는 부분이군."

현재 손두언의 배경이 되는 것은 중립파 장로들이다. 이들은 백건익에게도 호의를 보이고 있긴 하지만 척마대주에 누구를 앉힐 거냐고 묻는다면 아무래도 차기 수성 후보로 밀고 싶고, 그만한 무력을 지녔음을 증명한 손두언을 선택할 것이다.

하지만 척마대주는 달콤하기만 한 과실이 아니다. 정치력이 약한 손두언이 척마대주가 된다는 것은 위험도 꽤 컸다.

그런 상황에서 백건익이 자신이 그동안 견고하게 쌓아온 기반을 이용해서 손두언이 파견 경호대주로 자리 잡고 경력을 쌓을 수 있도록 도움을 줄 것을 약속한다면? 그러면 척마대주 건에 있어서 그들을 아군으로 얻을 수 있으리라.

백건익이 감탄했다.

"자네도 척마대주직을 수행하면서 아주 노련해졌군그래."

"우수한 조언자들이 있는 덕분이지요."

이 건에 대해서 형운에게 가장 쓸모 있는 조언을 해준 것은 서하령이었다.

그녀가 정치력을 발휘하지 않는 것은 본인은 별로 그럴 필요가 있는 행보를 걷지 않기 때문이다. 하지만 그녀는 형운이 척마대 건으로 조언을 구할 때마다 늘 날카로운 조언을 해주었고 그것은 이번에도 마찬가지였다.

"자네가 이렇게 판을 깔아주었으니 처음 계획했던 것과는 다르지만 오히려 더 좋은 흐름을 잡은 셈일지도 모르겠어. 고맙네. 척마대주가 되면 반드시 자네의 뜻을 이어감세."

"감사합니다."

"그리고 기왕 온 김에 부탁 좀 들어주게나."

"대련 말입니까?"

"아니, 오늘은 그것 말고 다른 부탁일세."

백건익은 잠시 뜸을 들이더니 말했다.

"내게 심상경의 절예를 가르쳐 줄 수 있겠나?"

11

생각지도 못한 부탁에 형운은 놀란 눈으로 백건익을 바라보았다. 그는 심각한 표정을 짓고 있었다.

"무리한 부탁이라는 것은 알고 있지만… 꼭 부탁하고 싶네."

다음 순간 형운은 깜짝 놀랐다. 백건익이 그에게 고개를 숙였기 때문이다.

심상경의 절예는 그 자체로 비전절기라 할 만하다. 실전에서 타인에게 노출하는 것만으로도 꺼릴 만한데 아무리 정치적 아군이고, 사적으로도 친분이 깊다고 하나 지도를 부탁하는 것은 정말 어려운 부탁일 수밖에 없다.

"고개를 들어주시지요. 이러시면 부담스럽습니다."

"미안하군. 하지만 내 진심일세."

"왜 갑자기 그런 생각을 하셨습니까?"

"즉흥적으로 떠올린 것은 아닐세. 죽 생각해 왔던 문제지. 장로회에서는 나를 보고 젊다고 하지만 세간의 상식으로 보면 나도 젊다고만은 할 수 없는 나이라네."

백건익은 형운보다 열네 살 연상이라 올해로 마흔 살이 되었다. 내외공이 모두 심후한 경지에 오른 무인이기에 아직 심신에 활력이 넘치지만 어쨌거나 세간에서 불혹(不惑)이라 부르는 나이에 접어든 것이다.

"무인으로서 여기까지 성장하는 과정이 순탄치는 않았지. 경쟁자들보다 조건이 좋았던 적은 별로 없었어."

유년 시절부터 그의 경쟁자들은 늘 쟁쟁한 배경을 지닌 자들이었다. 그들처럼 뛰어난 사부를 두지도 못했고 물적 지원을 받지도 못했지만 백건익은 스스로의 재능과 노력으로 경쟁에서 승리해 왔다.

"하지만 여기까지 오니 한계가 느껴지고 있네. 두꺼운 벽 하나가 나를 가로막고 있지."

그것은 바로 심상경이라는 벽이었다.

요 몇 년간 백건익은 몇 번이나 그 벽에 튕겨 나가 좌절을 맛보아야 했다. 그의 경력과 능력이 아무리 높이 평가받아도 결국 심상경의 고수가 아니라는 점 때문에, 그 한 발짝 때문에 번번이 경쟁에서 탈락하고 말았다.

"지성은 내 나이에 이미 심상경을 얻었다고 하더군. 그 사실을 알고는 큰 충격을 받았네. 질투도 났고."

지성 위지혁은 종종 자신이 지금의 무공을 성취하게 된 계기가 사부의 은혜였음을 이야기하고는 했고 그것은 총단의 무인들이 동경하는 미담(美談)이 되었다.

"솔직히 나는 자신이 심상경을 이루기에 유리한 조건을 가졌다고 생각했다네. 그 조건을 살리면 충분히 거기에 가 닿을 수 있으리라고… 그렇게 여기고 있었지."

그에게 은혜를 베풀어준 귀혁을 통해서 심상경이 단순히 무공의 경지가 높다고 해서 도달할 수 있는 지점이 아니라는 것을 알았다. 그저 무재(武才)가 뛰어난 것만으로는 심상경에 이를 수 없다.

백건익은 백령회와 인연을 맺었을 때, 고위 영수의 눈을 이식받아 보통 인간보다 빼어난 기감과 영감을 손에 넣었다. 그렇기에 다른 무인들보다 심상경에 대해서 유리한 조건을 갖추고 있다고 생각하고 있었다.

"몇 년 동안이나 잡힐 듯 말 듯한 느낌에 시달려 왔네. 어쩌면 내 착각일지도 모르지. 집착과 갈망이 지나쳐서 존재하지도 않는 것을 존재한다고 믿고 있을 뿐인지도."

그에게 있어서 형운을 만난 후의 몇 년간은 충격의 연속이었다.

형운과 성운의 기재들을 통해서 몇 번이고 상식이 파괴되는 경험을 했다. 그리고 그들과 실전을 겪으면서 다양한 심상경의 절예를 보는 귀중한 경험을 얻을 수 있었다.

그런 경험이 쌓일수록 그의 내면에서 닿을 듯 말 듯한 답답함이 커져갔다. 현실에서 몇 번이고 심상경의 벽으로 인한 좌절을 겪게 되자 그 답답함은 견디기 어려울 정도로 커져가고 있었다.

"오성을 향한 야심과 무인으로서의 욕망 둘 모두를 잡기에는 내 그릇이 너무 작은 것인가. 그런 기분에 절망하기도 했지. 이럴 때는 둘 중 하나를 놔버리는 게 현명한지도 모르지만, 과연 그게 정답이겠나?"

"아니요."

형운이 고개를 저었다.

그저 개인의 야심만이라면 가끔은 내려놓는 것이 좋을지도 모른다. 그러나 야심을 추구한 끝에 책임을 짊어진 사람에게는 그것이 정답이 될 수 없다. 그것은 그저 사적인 욕망을 우선시한 도피일 뿐.

어쩌면 그 또한 하나의 방법일지도 모른다. 책임질 수 없는 것을 책임지겠다고 하다가 망가지는 것보다는 차라리 놓아버리는 것이 나을 수도 있다.

하지만 백건익은 자신이 아직 최선을 다하지 않았다고 생각했다. 할 수 있는 모든 노력을 다하고도 어쩔 수가 없다면 겸허하게 부족함을 인정하고 내려놓을 수 있겠지만, 아직은 그러지 못했다.

백건익은 어린 시절부터 스스로의 부족함을 알고 그것을 해결하기 위해 체면 따위는 고려하지 않는 유연함을 지녔다. 그렇기에 지금 이 순간에도 마지막 최선책을 찾아 형운에게 고개를 숙일 수 있었다.

형운은 가만히 그를 바라보다가 말했다.

"심상경은 일반적인 기술을 가르치듯이 지도할 수 있는 게 아닙니다. 사부님조차도 아직 그 방법을 찾아내시지 못했지요."

"알고 있네. 나는 그저 자네가 내게 보여주길 바라네. 그런 기회를 줘도 내가 얻을 수 없다면… 그것이 아직 내게 허락되지 않은 영역이라고 받아들이겠네."

자신의 그릇이 부족함을 인정하고 포기할 것이다. 언젠가는 다시 그곳을 욕심낼지 모르겠지만, 적어도 지금은 욕망을 내려놓고 현실의 일에만 충실할 것이다.

형운은 백건익의 눈빛에서 서슬 퍼런 결의를 읽었다.

무인으로서 그가 이야기하는 포기는 절망이나 다름없는 아픔이 될 것이다. 백건익은 스스로를 지키기 위해 맹세했지만 동시에 앞으로의 인생을 좌우할 분기점에 올라선 것이기도 했다.

형운은 도저히 그 결의를 외면할 수 없었다.

"알겠습니다. 최선을 다해 도와드리겠습니다."

12

형운의 움직임은 놀랍도록 은밀했다. 운 장로 일파가 감시의 눈길을 번뜩이고 있는데도 형운의 움직임을 모두 파악하기가 힘들었다. 대놓고 움직인 경우와 드러난 정황을 보고 추측할 뿐이다.

'놀랍군……'

풍성 초후적은 자신에게 형운의 서신을 전한 이를 보며 낮게 신음했다.

형운이 그럴 수 있었던 이유가 그의 눈앞에 있었다. 시비의 복장을 한 가려가 그의 처소까지 들어와서 형운의 서신을 전한 것이다.

초후적은 서신을 보고는 대답했다.

"알겠다."

"그럼 이만 물러가겠습니다."

가려는 아무렇지도 않게 초후적 앞에서 물러났다.

잠시 후, 마치 그녀와 교대하듯이 초후적의 전속 시비가 차를 갖고 왔다.

"혹시 오는 길에 누구와 마주치지 않았느냐?"

"예? 아무도 없었습니다만……."

시비는 의미를 알 수 없는 질문에 당혹스러워하며 물었다.

그녀가 물러가고 나자 초후적에게 전음이 들려왔다.

─죄송합니다.

"놓쳤나?"

─…….

"소름 끼치는 경지로군. 간만에 놀라운 것을 봤어."

초후적의 처소에는 풍성 호위대가 근무하고 있었다. 그런데 그들은 가려의 침입을 눈치채지 못했고, 그녀가 나갈 때도 어느 순간 종적을 놓쳐 버리고 말았다.

"이 건으로 너희를 처벌하는 일은 없을 것이다. 안심하도록."

─…호위 체계를 전면적으로 점검하겠습니다.

풍성 호위대장은 자존심이 상한 기색이 역력했다. 초후적이 아무런 처벌을 내리지 않아도 풍성 호위대원들은 한동안 지옥을 맛보게 되리라.

'아무리 은신술이 뛰어나다고 해도 불가능한 일이다. 본인의 신분이 있으니 가능한 일이겠지.'

가려가 초후적 앞까지 올 수 있었던 것은 그녀가 처음부터 총단 안에 있었기 때문이다. 그리고 총단 소속의 무인이라 등록되지 않은 외부인에게 반응하는 기환진과 기물들을 피할 수 있었기 때문이기도 하다.

하지만 그렇다고 하더라도 여기까지 숨어들어 오는 것은 첩첩산중이었을 것이다. 총단 소속 무인이라는 것만으로는 피할 수 없는 것들도 있으니까.

'무서운 칼날을 쥐고 있구나, 귀혁의 제자.'

초후적은 목덜미를 서늘한 칼날이 겨누고 있는 것 같은 감각을 느끼며 서신을 불태웠다.

13

노을이 세상을 붉게 물들일 무렵, 초후적은 풍성 호위대장의 만류를 뿌리치고 혈혈단신으로 총단을 벗어나 광운산맥으로 향했다.

"나와주셔서 감사합니다."

그곳에는 형운이 노을을 등진 채로 기다리고 있었다.

초후적은 작게 고개를 끄덕였다. 정적(政敵) 관계에 있는 초후적이 이렇게 은밀한 만남에 응한 것은 위험을 동반하는 일이다. 사람 눈길이 없는 이런 곳에서 암습당할 우려가 있으니까.

지난번에 초후적이 형운을 방문하여 이곳에 왔을 때와는 사정이 달랐다. 그때는 초후적이 시험관으로서 형운을 방문했다는 것이 모두에게 알려져 있었다. 하지만 지금은 이 만남 자체가 비밀이니 위험을 감수한 선택이라고 할 수 있었다.

게다가 형운은 초후적을 상대로 가려는, 더없이 날카로운 칼날을 보여주지 않았던가. 형운만으로도 강적인데 그가 만반의 준비를 갖춰두고 가려와 협공한다면 초후적도 목숨을 걱정해야 할 것이다.

물론 형운의 인품을 아는 자는 형운이 그런 일을 하지 않을 것임을 알 것이다. 하지만 정적에게 그런 믿음을 요구하는 것은 꽤나 무리한 일이었다.

그 사실을 형운도 알고 초후적도 알았다. 그렇기에 형운은 초후적이 이 자리에 나와준 것에 감사했다.

초후적이 불쑥 물었다.

"왜 내게 보여주었느냐? 다른 방법도 있었을 텐데."

그것이 가려를 의미한다는 사실을 알아차리기는 어렵지 않았다.

가려는 비장의 한 수가 될 수 있는 존재다. 그리고 그 존재가 알려지지 않을 때 그 위력이 극대화된다.

만약 형운이 가려를 통해 그를 불러내지 않았다면 운 장로 일파는 혼란에서 헤어 나오지 못했을 것이다. 어떻게 형운이 자신들의 눈길을 피해 원하는 자들과 연락하고 접촉하는지 짐작할 수 없었을 터.

형운이 그 사실을 모를 만큼 우둔할 리가 없었다.

"지난번 일의 보답이라고 하면 너무 건방진 소리가 되겠습니까?"

초후적은 시험관으로서 형운과 맞붙었을 때, 굳이 그럴 필요가 없음에도 자신의 평생을 집대성한 비기 무극만상도(無極萬象刀)를 보여주었다. 무인에게 있어서 비기를 유출하는 것이 얼마나 민감한 문제인가를 생각하면 그는 형운에게 기연을 제공한 것이나 마찬가지다.

초후적이 피식 웃었다.

"정말로 건방진 소리로구나."

형운은 미소 지은 채로 그를 바라보았다.

가려의 존재를 노출한 것은 초후적에게 말한 이유도 있지만 오히려 운 장로 일파에게 더 큰 혼란을 주기 위해서이기도 하다.

그들이 형운의 움직임을 파악하지 못한 이유는 가려만이

아니었다.

일월성신인 형운이 은신과 감시의 천적이기 때문이다. 또한 운화와 축지라는, 공간적 제약을 무시하고 원하는 지점으로 갈 수 있는 능력이 있기 때문이다. 그리고 진조족의 장신구라는 통신수단을 갖고 있기 때문이기도 했다.

척마대주직을 수행하면서 정치적 대처 능력을 체득한 형운은 자신이 지닌 능력을 전투가 아닌 곳에서도 신출귀몰하게 활용할 줄 아는 인물이 되었다.

"무룡원주가 영성 호위대장이었을 때 수제자처럼 키운 아이라고는 들었다. 하지만 그것만으로는 이해할 수 없을 정도의 경지더구나."

"……."

"하긴 그만한 재능이 없었다면 일개 호위대원이 량이를 이길 수 있었을 리 없지. 그만한 재능을 갖고도 겉으로 드러나길 바라지 않다니 조금 안타깝기도 하군."

몇 년 전 신년 비무회에서 가려가 오량을 상대로 승리한 일전은 많은 이들에게 충격을 안겨주었다. 특히 초후적은 자신의 제자인 오량이 패했다는 사실 때문에 남들보다 더 뚜렷하게 그 일을 기억하고 있었다.

형운은 그 말에 대답하는 대신 용건을 꺼냈다.

"예상하셨겠지만 오늘 뵙기를 청한 것은 곡정이 때문입

니다."

"잘 있느냐?"

"예. 고향의 사정이 어려워서 당장 돌아올 수는 없지만, 어느 정도 정리가 되면 돌아오겠다고 했습니다."

"알겠다."

초후적은 그리 말하고는 돌아섰다.

형운이 당혹스러워하며 물었다.

"…더 안 들으실 겁니까?"

"무사하고, 언제든 돌아오겠다고 했다면 그것으로 되었다. 곡정이가 그렇게 말했다면 반드시 돌아오겠지. 밀린 이야기는 그때 그 녀석 입으로 듣고 싶군."

초후적은 정말로 미련 없이 경공을 펼쳐 돌아가 버렸다.

순식간에 멀어져 가는 그의 뒷모습을 멍하니 바라보던 형운은 웃음을 터뜨리고 말았다.

제160장
척마대주의 자리

성운을
먹는자

1

 정치의 소용돌이 속에서 살아간다는 것은 누군가와 만나
는 것조차 민감한 사안이 된다는 것이다.

 지금 형운의 입장이 그랬다. 누구를 만나든 정치적 입장을
고려해야 했고, 운 장로 일파가 총단 곳곳에 깔아둔 감시의
눈길을 피해야 했다.

 그러다 보니 목적이 뚜렷하고 대외적으로 일정이 알려진
경우에는 차라리 마음이 편하다.

 '공적인 자리가 차라리 마음이 편하다니 내가 어쩌다 이런
신세가 됐는지.'

형운은 속으로 투덜거리며 자신에게 협력 요청을 한 이들을 바라보았다.

화성 하성지와 그녀의 둘째 제자 신소정, 그리고 셋째 제자 아윤이었다.

'그동안 활약이 대단했다고 들었지만 예상 이상이군.'

형운이 아윤을 마지막으로 본 것도 벌써 5년 전의 일이다. 오랜만에 본 그의 인상은 여전히 사람 좋은 청년으로 보였다.

하지만 무인으로서는 뚜렷한 성장을 이루었음을 알 수 있었다.

'격공의 기를 얻었군.'

아윤은 형운보다 일곱 살 연상이라 올해로 서른세 살이 되었다.

5년 전에 보았을 때, 그의 무공 성취는 허공섭물과 의기상인에 머물러 있었다. 하지만 지금은 격공의 기를 얻은 것이 분명했다.

'그만한 재능이 있으니 화성이 총애하는 것이겠지만.'

대제자와 둘째 제자가 있는데도 화성 하성지는 아윤을 노골적으로 후계자로 밀고 있었다. 그런 의도는 상당히 성공적이라 아윤은 위진국 본단의 척마대주로서 활약하면서 강호에 적룡검주(赤龍劍主)라는 별호로 명성을 떨치고 있었다.

의외였던 것은 둘째 제자인 신소정과 아윤의 사이가 나빠 보이지 않는다는 점이다. 두 사람은 화성 앞에서도 서로 가벼운 농담을 주고받았는데 가식을 떠는 것 같지 않았다.

하성지가 말했다.

"도와주겠느냐?"

"그러지요."

그녀가 형운에게 부탁한 것은 아윤의 천명단 복용의 도우미였다.

점차 위진국 본단이 독립성을 확보해 나가는 현재, 하성지를 보는 총단의 시선은 곱지 않다. 그러다 보니 하성지가 총단만의 자원, 예를 들면 일월성신이나 천명단 등을 얻어내는 것은 어려운 일이 되었다.

하지만 그녀는 오연서를 천공지체 연구의 핵심부에 꽂아놓고 정치적 거래를 거듭한 끝에 아윤을 위한 천명단을 얻어내는 데 성공했다. 그리고 형운에게 도우미가 되어줄 것을 요청한 것이다.

예전에는 서로 날을 세웠지만 지금의 형운과 하성지는 정치적으로 아군에 가까웠다. 그렇기에 대화는 비교적 편안한 분위기였다.

"고맙군."

"저를 원하신 것은 좀 의외로군요. 화성께서도 참가하실 것 아닙니까?"

"물론 나도 참가한다. 하지만 이미 고위직 사이에서는 백 명의 기공사를 쓰니 자네 한 명을 쓰는 게 낫다는 것이 정설로 퍼져 있지. 최고의 효과를 원한다면 반드시 잡아야 하는, 믿고 쓰는 명품 도우미라고 칭찬이 자자해."

"……."

그런 소리를 듣고 있었단 말인가?

하성지가 웃었다.

"자네가 면직당했다고 하니 다들 어떻게든 도우미로 쓰려고 눈에 불을 켜고 있더군. 하지만 이럴 때는 눈치 보지 않고 빠르게 움직이는 사람이 임자인 법이지. 보답으로 차기 척마대주 건에 대해서는 미력하나마 힘을 보태주겠다."

형운이 바라는 것을 귀신같이 짚어내는 한마디였다. 역시 멀리 떨어진 위진국 본단의 책임자로 있으면서도 총단에서의 영향력을 잃지 않은 인물답다.

하성지가 장로회에서 고까운 눈길을 받고 있기는 해도 어쨌거나 막강한 권력을 지닌 오성의 일원이다. 아윤을 후보로 밀었던 그녀가 형운의 의도에 한 손 보태준다면 큰 도움이 될 것이다.

"감사합니다."

"자네가 원하는 인물은 역시 백건익인가? 좀 더 쉬운 패인 손두언을 밀 가능성도 있다고 보았지만……."

"백 대주 쪽입니다."

그 대답에 하성지는 잠시 형운을 빤히 바라보더니 날카롭게 웃었다.

"이미 손을 써놓았나 보군."

정말로 귀신같은 눈치였다. 형운은 반응하는 대신 빙긋 웃기만 했다.

곧 세 사람이 자리에서 일어났다.

"그럼 잘 부탁하마."

그들을 떠나보낸 형운이 중얼거렸다.

"대책을 세워놔야겠군."

면직당한 자신에게 그런 눈길이 쏟아지고 있을 줄이야. 생각도 못 해본 일이다. 친분이 있거나 정치적으로 도와줘야 할 이유가 있다면 모를까, 그렇지 못한 자들이 장로회를 통해서 자신을 도우미로 이용하려고 하는 상황은 사전에 차단해 둘 필요가 있었다.

"아니, 결판이 나고 나면 걱정할 필요도 없긴 하겠네."

형운은 식어버린 찻잔을 보면서 웃었다.

2

공식적으로 형운은 총단에 와서 백건익을 만난 적이 없다.

심지어 운 장로 일파는 형운이 비공식적으로도 백건익을 만난 정황을 파악하지 못했다.

백건익과 만나는 과정을 완벽하게 비밀이 될 수 있도록 설계했기 때문이다. 가려의 은신술, 그리고 형운의 운화와 이제는 왼팔에 차고 있던 것을 잃어버린 진조족 장신구의 축지까지 활용한 결과였다.

"백 대주님이 개인 공간을 많이 갖고 있어서 일이 쉬워졌지."

백건익은 자신의 거처에 누구도 들이지 않는 내밀한 개인 공간을 몇 군데 갖고 있었다. 지하 연공실이나 서재 등이 그러했다.

형운은 그런 공간으로 축지해 온 다음 그와 함께 자리를 옮기는 식으로 심상경을 지도하는 시간을 확보하고 있었다. 이는 백건익의 제자인 허조도, 다른 측근들조차도 모르는 사실이었다.

"진도는 좀 어때?"

그렇게 물은 것은 서하령이었다.

총단에 돌아온 후로 형운이 편하게 만나러 다닐 수 있는 사람은 몇 없었고 그녀는 그 귀중한 예외에 속하는 사람이었다.

"가시적인 성과야⋯ 없지."

형운이 백건익에게 해줄 수 있는 일은 심상경의 절예를 보여주고 그 느낌에 대해서 토론하는 것뿐이다.

이것은 서하령과 천유하를 도와줄 때도 마찬가지였다. 그리고 귀혁이 형운을 가르칠 때도 다르지 않았다.

"백 대주는 기본적으로 이론파야. 하지만 심상경에 대해서는 이론으로 접근해서는 안 된다고 생각한 것 같아."

백건익은 심상경의 절예를 보는 것에 집중하고, 형운과 그에 대해 토론하는 것은 최소한으로 자제했다. 마치 자신이 느낀 것을 언어화했을 때 그 본질을 훼손하는 것을 두려워하듯이.

"이번 일로 '본다'는 것의 의미를 다시 생각해 보게 되었어."

백건익은 형운에게 심상경의 절예를 많이 펼칠 것을 요구하지 않았다.

그는 영수의 힘을 개방, 영력과 기감을 최대한 끌어 올린 채로 형운이 펼치는 한 수 한 수를 관찰했다. 그야말로 혼신의 힘을 다해 '본다'는 행위에 집중하고, 그 찰나의 집중으로 얻은 것을 내면에서 거듭해서 되새기는 것이 그가 선택한 방법이었다.

이것은 형운에게 신선한 충격을 주었다. 서하령 역시 흥미로워했다.

"물론 그것으로 심상경에 도달할지야 알 수 없지만……."

그것은 누구도 장담할 수 없는 문제이리라.

하지만 형운은 백건익이 해내리라고 믿고 싶었다. 그가 스스로의 부족함을 인정하고 목표를 달성하기 위해 발휘하는 의지력과 집중력을 보고 있노라면 절로 응원하게 되는 것이다.

서하령은 잠시 침묵하다가 화제를 돌렸다.

"네가 손 대주와 만난 건은 순조롭게 화제가 되고 있는 것 같아."

형운은 총단에 복귀한 후로 백건익과는 만난 적이 없는 것으로 알려져 있다. 하지만 손두언과는 이틀 전에 만났다.

업무와 상관없는 사적인 만남이기는 했지만 비밀스럽지는 않았다. 명목상으로는 풍령국에서 친분을 맺은 손두언과 구영한을 만나 담소를 나눈 것으로 되어 있었다.

하지만 정치적으로는 전혀 다른 의미로 해석될 수밖에 없었다.

예전에 차기 척마대주로 밀던 백건익을 등한시하면서 손두언과 담소를 나누다니, 과연 형운의 진의는 무엇이란 말인가?

"의도대로 흘러가서 다행이군."

"곧 결관이 나겠지. 그런데……."

서하령이 잠시 머뭇거리다 물었다.

"정말 그렇게 할 생각이야?"

"응."

"별로 현명한 생각이라고 보지는 않는데. 면직당하기는 했어도 당분간은 척마대의 실세로 뒤에 있어줘야……."

"나도 알아. 알긴 하지만… 솔직히 좀 지쳤어."

형운이 쓴웃음을 지었다.

"그래서 이번에는 그냥 마음이 시키는 대로 하려고. 물론 손해를 보겠지. 하지만 뭐, 어차피 한번 크게 저질러서 멀리 돌아가게 되었는데 조금 더 손해 본다 한들 어때?"

"그렇게 생각한다면야."

형운이 그렇게까지 말하니 서하령도 더 만류하지 않았다.

문득 그녀가 말했다.

"그러고 보니 네 사제인 어경혼 말인데."

"아, 그 녀석, 웬일인지 연진이하고 친해졌더라고. 깜짝 놀랐어."

"그 애가 조희하고 사귀는 건 알아?"

"뭐? 진짜야?"

형운이 깜짝 놀랐다.

서하령이 입을 손으로 가리며 음흉하게 웃었다.

"연서가 와서 재잘재잘하더라. 조희가 매번 남자친구 자랑하는 게 짜증 난대."

"정보 출처가 오 소저였냐. 딱히 비밀로 사귀는 건 아니래?"

"다들 알고 있나 봐. 그리 오래되진 않았다던데. 우리가 설산 가 있는 동안 임무를 같이 나갔을 때 있던 일이 계기였대."

듣자하니 영악한 적들의 기습으로 전열이 무너지고, 후방에서 보호받고 있던 조희에게까지 공격이 닿았다고 한다. 그때 조희는 한쪽 다리를 베여서 주저앉고 말았는데 절체절명의 위기 상황에 어경혼이 몸을 던져서 조희를 지켜냈다나.

"와, 경혼이 녀석에게 그런 면모가……."

"그래서 조희가 신년 비무회 때는 꼭 이기라면서 두건을 만들어주기도 했대."

"엄청 달달한 분위기인가 보네."

두 사람은 어경혼과 조희의 연애담을 갖고 신나게 떠들어 댔다. 그런 두 사람을 보며 서하령의 전속 시비는 생각했다.

'이분들은 남의 연애담으로 저렇게 신나 하면서 어쩜 자기 일에는 저리도 무덤덤할 수가 있을까.'

서하령이 어렸을 때부터 모셔온 중년의 시비는 한숨을 푹 쉬고 말았다.

3

모처럼 형운과 함께 광운산맥으로 나와서 한바탕 수련을 마친 귀혁이 난감한 듯 웃으며 말했다.

"기공원주가 너를 빌려달라고 하더구나."

"네?"

형운이 놀랐다.

기공원주라면 총단의 기공사들을 총괄하는 위치에 있는 인물이다.

 별의 수호자의 기공사는 처음부터 기공사로 육성되는 인물보다는 그렇지 않은 이들이 더 많다. 젊은 층은 의술을 배우다가 전향하는 경우가 대부분이고, 그렇지 않은 경우는 대부분 무인으로 살아가다가 기공사가 되었다.

 즉 총단의 각 무인 조직에서 일하다가 기공사가 되는 인물이 많다는 뜻이다. 대주급 중에서도 은퇴 후에 기공사가 되는 인물이 있을 정도라 조직의 평균연령이 높고 영향력도 상당히 컸다.

 형운이 피식 웃었다.

 "제가 요즘 명품 도우미라면서 써먹고 싶어 하는 이들이 많다더니 그것 때문인가 보군요."

 "특정한 몇몇 사례 정도면 모르겠는데 다들 기공원에 기공사를 보내달라고 하기보다는 너를 초빙해야겠다고 수군거리니 기공원주가 자존심이 상한 게지. 아마 조만간 접촉이 갈 게다."

 "저를 빌려서 뭘 하겠다는 걸까요? 도움이 안 될 텐데……."

 기공사들은 자신의 일에 특화된 사람들이라, 비슷한 경지에 이른 무인과 비교할 때 진기 운용을 돕거나 내상을 회복시키는 일 등에는 월등한 실력을 자랑한다.

형운은 자신이 기술적인 면에서 그들보다 낫다고 생각하지 않았다. 그저 일월성신의 특성이 괴악할 정도로 뛰어나서 기술로 극복이 안 되는 격차를 만들어낼 뿐이다.

"한번 보기라도 하고 싶다는 거겠지. 뭐 기공원주랑 척져서 좋을 건 없으니 한번 협력해 주거라."

"그러죠."

"그럼 이번에는 숙제를 잘해왔는지 보자꾸나."

귀혁의 물음에 형운이 한 손을 들었다. 그러자 한쪽 구석에 있던 두 자루의 단봉이 허공섭물로 날아와서 그 손에 잡혔다.

형운은 길이가 1척 반(약 45센티) 정도 되는 단봉 두 개를 양손에 하나씩 쥐고는 자세를 취했다.

"갑니다."

땅을 박차는 일은 없다. 한 발을 슥 내밀자 얼음 위를 미끄러지는 듯한 보법으로 거리가 줄어들었다.

파파파파파!

양손의 단풍이 질풍처럼 휘둘러진다. 한 방으로 상대를 쓰러뜨리는 게 아니라 빠르게 난타하는 것을 목적으로 하는 공격이었다.

한바탕 공방을 벌이고 나자 귀혁이 흡족하게 웃었다.

"좀 더 다듬어야겠지만 형태는 잘 잡혔구나. 역시 맨손으로 다른 형태를 추구하기보다는 무기를 쓰는 편이 낫군."

"기본부터 형태를 다르게 잡아두다 보니 급할 때 헷갈리지 않아서 그런 것 같아요."

"척마대주직을 수행하면서 병기술을 익혀놓은 경험도 도움이 되었겠지."

형운은 척마대주가 된 후로 검술과 창술 등을 연마했다. 권각술에 비하면 숙련도가 조악하기 짝이 없지만 그래도 그 경험 자체가 도움이 되었다.

귀혁이 물었다.

"그럼 기공은 어떻게 하겠느냐? 마침 좋은 걸 창안했다만."

"뭔데요?"

"이거다."

파지지지직!

순간 귀혁의 손에서 시퍼런 뇌광이 일었다. 형운이 놀라서 물었다.

"우와, 벌써 전수 가능할 수준으로 완성하신 거예요?"

"뇌극공(雷隙功)이라고 이름 붙였다. 하령이와 둘이 달라붙어서 만들어보니 진도가 금방 나가더구나. 뇌기를 발생시키는 무공이야 효과가 별로라서 그렇지 기존에도 있었으니, 그것들을 기반으로 삼아서 만들었지."

"아무리 그래도 백설혼(白雪魂) 때보다 너무 빠르잖아요?"

"그때는 어떻게든 빙백설야공하고 다른 무공으로 보이게 해야 한다는 문제가 있었지. 신공절학이라 불릴 만한 무공의 진체를 바탕으로, 그것도 같은 빙공을 만들면서 완전히 다른 무공처럼 보이게 하는 것이 쉬운 줄 아느냐? 게다가 그때는 완전히 이론적인 접근을 해야 한다는 것도 문제였다."

즉 귀혁은 스스로는 빙백설야공을 익히지 못한 상황에서 백설혼을 창안했다.

하지만 뇌극공을 창안할 때는 상황이 완전히 달랐다.

형운이 준 비약을 통해서 뇌령수화를 경험함으로써 뇌기에 대한 인식이 완전히 달라진 것이다. 완전히 영수의 몸으로 변신해 보는 경험은 귀혁에게도 엄청난 영감을 주었다.

"하령이도 같은 경험을 했다면 더 빨리 완성했을지도 모르지."

유감스럽게도 광령익조의 후예인 서하령에게 뇌령수화의 비약은 너무 위험했다.

잠시 멍청하니 귀혁을 바라보던 형운이 고개를 저었다.

"엄청 대단하긴 한데 전 필요 없습니다."

"유감이구나."

귀혁은 별로 유감스럽지 않은 얼굴로 말했다. 그도 형운이 어떤 대답을 할지는 알고 있었다. 그냥 자랑하고 싶었을 뿐이다.

형운은 뇌령수화를 한번 경험하는 것만으로도 뇌기를 다룰 수 있게 되었을 뿐만 아니라 백야의 신기로 뇌령의 팔을 얻으면서 그 위력이 어마어마하게 올라갔다. 뇌기를 다루는 무공을 익히는 것은 의미가 없었다.

"필요는 없지만 훗날 누군가에게 전수해야 할 때를 위해 익혀만 둘게요."

"……."

"왜요? 가르쳐 주고 싶어 하셨으면서."

"아니, 내 제자가 참 뻔뻔하게 자랐다 싶어서 말이다."

귀혁이 코웃음을 쳤다.

형운이 뻔뻔하게 웃으며 말했다.

"그러고 보니 백설혼은 아직 무학원에 제공 안 하셨더군요."

"원래는 제공할 생각이었는데 생각이 좀 바뀌었다. 백설혼과 뇌극공 둘 다 비전으로 남겨둘까 고민 중이다."

"제 생각에도 그게 나을 것 같은데요."

형운에게나 쓸모없는 것이지 백설혼과 뇌극공은 엄청난 무공이었다.

특정 성향에 치우친 심법을 익히지 않고, 무인 개개인의 재능에 기대지 않고도 뇌기나 극음지기를 다룰 수 있게 해주는 무공인 것이다. 기존에 별의 수호자가 보유하고 있던 뇌공, 빙공들과 비교도 안 되는 무공들이라 누구든 침을 질질 흘리며 탐낼 것이다.

이것을 경쟁자들도 이용할 수 있게 공유하는 것은 솔직히 아깝다. 감극도를 비롯한 독문무공들이 그렇듯 이 또한 비전으로 여기는 쪽이 나을 것이다.

"어쨌든 빙공과 뇌공을 대신할 거라면, 좀 질이 떨어지기는 하지만 양강지력(陽剛之力)의 기공이 좋겠지."

"극양지력이 아니고요?"

"그런 무공이 흔한 줄 아느냐?"

"사부님이 워낙 흔치 않은 무공들을 많이 만들어내셔서 말이지요."

"뭐, 우리가 보유한 무공 중에도 있긴 하고, 너라면 사실 어떤 기운이든 소화할 수 있겠지. 하지만 네 목적을 생각하면 그리 좋은 선택이라고 볼 수 없다만?"

"사부님께서 그렇게까지 말씀하시니 어쩔 수 없군요. 양강지력으로 만족하죠."

"……."

귀혁은 말문이 막혀서 형운을 바라보았다. 정말 뻔뻔한 제자였다.

4

결판은 갑작스럽게 닥쳐왔다.

장로회를 마치고 나온 운 장로의 얼굴에는 허탈한 표정이 떠올라 있었다.

"완전히 당했군."

"귀신에 홀린 기분이군요."

그를 따르는 원 장로는 어안이 벙벙한 기색이었다.

오늘 장로회가 열린 이유는 해임된 형운의 뒤를 잇는 척마대주를 정하기 위함이었다.

운 장로 일파가 미는 후보는 오량이었다.

그들은 오량을 척마대주로 앉힐 수 있는 확률이 절반 정도라고 보았다. 중립파 장로들이 손두언을 차기 수성 후보로 만들고 싶어 했기 때문이다.

중립파 장로들은 운 장로에게 적극적으로 반대하지 않는다. 하지만 모든 권력이 운 장로의 것이 되는 것을 무서워했기에 때로는 운 장로 반대파에 힘을 실어주고, 이선광이나 손두언처럼 정치적인 성향이 강하지 않은 인물들을 지지하여 영향력을 확보해 두는 것이다.

당연히 운 장로 일파도 중립파 장로들은 무시할 수 없었다. 그렇기에 오량을 척마대주로 만드는 게 힘들어 보인다면 손두언을 밀어주는 대신 오량을 사실상 차기 척마대주가 확정된, 척마대의 실권을 쥐는 부대주로 만들 생각이었다.

하지만 이런 의도는 시작부터 완벽하게 분쇄되었다.

수성 이선광과 중립파 장로들이 백건익을 추천하고 나섰다.

그리고 영성 귀혁과 화성 하성지, 그리고 운 장로 반대파 장로들 또한 백건익을 추천하고 나서니 손쓸 도리가 없었다. 완벽하게 밀렸다.

"허허, 너무 완벽하게 당하니 화도 나지 않는군."

형운과 귀혁, 백건익, 화성 하성지, 그리고 장로들의 움직임까지 촉각을 곤두세우고 있었다. 그런데도 이런 동맹이 결성되는 정황을 포착하지도, 예상하지도 못했다.

허탈하게 웃던 운 장로가 풍성 초후적을 보며 말했다.

"량이에게는 미안하게 되었네."

"그 아이의 자리가 아니었던 게지요."

"이제 와서 척마대 부대주로 넣는 것도 아니다 싶으니… 다른 자리를 준비하도록 하지."

"감사합니다."

과정은 알 수 없지만 그들이 노리는 것은 쉽게 알 수 있었다.

백건익이 척마대주가 되는 대신 구영한을 척마대 부대주로 받는다.

그리고 손두언이 파견 경호대주로 취임, 백건익은 자신이 구축해 놓은 기반을 통해서 그가 저항 없이 파견 경호대를 장악하고 순조롭게 경력을 쌓을 수 있도록 돕는다.

중립파 장로들에게도 충분히 만족할 만한 거래였을 것이다.

회의장에서 나가던 운 장로 일행은 문득 바깥에서 기다리고 있던 한 사람을 발견했다. 형운이 장로회가 끝나길 기다리고 있었다.

형운은 운 장로를 보자 정중하게 인사했다. 하지만 운 장로는 그를 지나쳐 가는 대신 그 앞에 서서 물었다.

"전부 자네 작품이었는가?"

"제가 아둔하여 갑자기 무슨 말씀을 하시는 건지 이해 못 하겠습니다."

형운은 시치미를 뚝 떼고 말했다.

운 장로는 허허 웃었다. 형운이 긍정하든 부정하든 상관없었다. 그는 형운과 눈을 마주하는 순간 확신할 수 있었다.

"무섭게 컸군. 이제는 더 이상 애송이라고 부르지도 못하겠어."

"……."

"나는 오랫동안 자네가 어떤 사람인지 도무지 알 수가 없었다네."

그리고 그것은 귀혁 때도 마찬가지였다. 귀혁은 별의 수호자의 울타리 안에서 자라났고, 그 속에서 권좌를 향한 야심을 불사르면서도 그 목적을 이루는 데 손해가 되는 선택을 주저하지 않았으니까.

"자네 사부를 이해하는 데 오랜 시간이 필요했지. 하지만 결국은 그가 어떤 사람인지 알았듯, 이제는 자네도 어떤 사람인지 알 것 같다고 생각했었다."

하지만 이제는 또다시 형운이라는 인물을 알 수가 없었다.

형운이 자신의 앞날에 놓인 모든 영광을 걷어차고 설산으로 향했을 때 그랬고, 그리고 돌아와서 지금의 상황을 만들어낸 것을 알게 되니 더더욱 그랬다.

"그래서 한 가지 묻고 싶군. 형운, 자네는 정말로 후회하지 않는가?"

운 장로의 질문이 무엇을 의미하는지, 형운은 고민할 필요 없이 알아들을 수 있었다. 조금 전에 의뭉을 떨었던 것과 달리 이번에는 미소 지으며 고개를 끄덕였다.

"예."

"잃은 것이 뼈아프지 않았는가?"

"아팠지요. 아주 많이 아팠습니다."

형운은 세속의 욕망에 초연한 사람이 아니었다. 그는 별의 수호자라는 조직에 속해 살아가는 삶을 사랑했다. 그렇기에 사람들에게 인정받고 싶었고, 울타리 안의 세상을 더 아름다운 모습으로 가꾸고 싶었다.

"하지만 그래도 후회하진 않습니다."

"어째서인가?"

"후회란 '그때 그러지 말았어야 했다'고 생각하는 거지요. 백 번을 돌이켜 생각해 봐도 같은 선택지를 고른다고 확신하는데 후회가 들까요?"

"……."

"아깝고, 아프지만… 그게 제가 후회해야 할 이유가 되진 않지요."

운 장로는 그 말에서 결코 부서지지 않는 단단한 신념을 느꼈다. 그것은 행동으로 스스로를 증명해 온 자만이 가질 수 있는 무게감이리라.

잠시 형운을 바라보던 운 장로가 빙긋 웃으며 말했다.

"계속 지켜보겠네."

그렇게 말한 운 장로는 형운을 지나쳐 멀어져 갔다.

한동안 말없이 걷던 그가 문득 중얼거렸다.

"제 사부를 쏙 빼닮은 줄 알았는데… 아니야. 어쩌면 더 무섭게 클지도 모르겠군. 풍성, 자네는 어떻게 생각하는가?"

"무인으로서는 귀감이라고 할 만합니다."

"자네가 드물게 격찬하는군."

재미있다는 듯 웃은 운 장로가 말했다.

"나는 말일세, 저 아이의 선의가 무섭네."

"선의 말입니까?"

"저 아이에 대한 이야기를 듣다 보면 한 가지 말이 떠오르지. 많은 사람들이 선망하지만, 모두가 평생 동안 내버려 온 것 말일세."

그것이 바로 협의(俠義)라는 것이다.

"저 아이는 야심보다 의협심이 강하기에 스스로 기회를 저버렸네. 우리로서는 다행이라고 여겨야 할 일이지."

만약 형운이 설산에 가지 않고 그대로 수성 자리에 올랐다면 당해낼 도리가 없었을지도 모른다. 이런 결과를 보니 오싹할 정도였다.

"하지만 나는 그 신념보다도 저 아이의 선의가 무섭네."

"선의 말입니까?"

초후적이 의아해했다. 예상치 못한 말이었기 때문이다.

"형운 저 아이는 현실이 혹독함을 알아. 그리고 현실에서 발을 떼지 않은 채로 야심을 추구하고 있네. 그런데도 한켠에는 철없는 선의를 품고 있지. 아무런 계산도 없이 베풀어지는 선의 말일세."

그것이 형운의 행보를 손익계산으로 통찰할 수 없게 만들었다.

돌이켜 보면 형운은 줄곧 그러했다. 마곡정과의 관계를 악의로 시작했으면서도 서로 목숨을 내줄 수 있는 친구가 되었고, 강연진의 배경을 뻔히 알면서도 그에게 대가 없는 선의를 베풀어 등 돌릴 수 없게 만들었다.

그것은 결코 앞뒤를 계산해서 만들어낼 수 있는 결과가 아니다.

운 장로는 평생 동안 손익을 계산하면서 살아왔다. 그래야만 여기까지 올 수 있었기 때문이다.

그에게는 선의조차도 이익을 얻기 위한 도구였다. 단지 권력을 나눠주기보다는 힘든 자들에게 계산된 선의를 베푸는 것으로 마음까지 사로잡았고, 당장 보이는 능력이 부족하다고 해서 내치지 않는 대범함으로 모두의 존경과 신뢰를 얻었다.

그렇기에 운 장로는 형운의 철없는 선의가 두려웠다.

세상의 추악함을 겪고 어른이 되어버린 자는 가질 수 없는 보석 같은 무언가를 형운은 아직까지도 간직하고 있었다.

"마존 어르신도 그랬지. 그리고 혼마나 암야살예조차도 그랬어. 심지어 자네와 지성조차도 그 아이와 입장 때문에 적대할 뿐, 마음으로 적대하지는 않아."

천하에 영웅으로 이름난 자들이 성향을 가리지 않고 형운에게 호의를 보인다.

그것은 이해득실을 따지는 자들이 얻을 수 있는 것이 아니었다.

"그래서 난 그 아이가 두렵네."

하지만 운 장로는 탄식하지 않았다. 오히려 재미있다는 듯 웃고 있었다.

"비록 해임되긴 했지만 척마대는 여전히 그 아이의 것으로 남았군."

이제 척마대를 집어삼키기는 틀렸다. 지속적으로 인원을 투입해서 일정 수준의 영향력을 유지하는 것으로 만족해야 할 것이다.

"면직 기간에도 놀고 있진 않겠지. 신경을 많이 써야겠어."

이 시점에서 운 장로는 자신의 걱정이 아무런 의미도 없어질 줄은 상상도 못 하고 있었다.

5

백건익이 척마대주에 취임하고 나자 형운은 매일같이 척마대에 들락거렸다. 그에게 대주로서의 업무를 인수인계해야 했기 때문이다.

그러다 보니 자연스럽게 어경혼과 조희가 틈만 나면 붙어 있는 모습을 목격하게 되었다.

척마대원들이 다들 참으로 눈꼴시다는 표정으로 바라보고 있었는데 그러거나 말거나 둘은 닭살 돋는 행각을 서슴지 않았다. 그 꼬라지를 보고 있자니 형운도 절로 다른 척마대원들과 똑같은 표정을 짓게 되었다.

형운은 이제는 자신의 것이 아닌 척마대 집무실로 향했다.

백건익이 파견 경호대주 업무 인수인계 때문에 이쪽에 없는 동안 필요한 서류를 정리해 둘 생각이었다.

그런데 그곳에는 의외의 손님이 기다리고 있었다.

"안녕하세요, 대주님."

"저 이제 대주 아닙니다."

자신이 들어오자마자 벌떡 일어나는 오연서의 말을 형운이 정정해 주었다.

오연서가 고개를 갸웃했다.

"그럼 뭐라고 부르면 되나요?"

"보편적인 호칭을 고르면 되지 않겠습니까?"

"형운 오빠?"

"……."

생각지도 못한 기습에 형운이 굳어버렸다.

그의 표정을 본 오연서가 눈을 동그랗게 떴다. 속이야 어떻든 얌전하고 귀엽고 귀티도 나는 외모를 지닌 그녀다 보니 참 귀여워 보이는 모습이었다.

"아윤 사형은 이렇게 부르면 되게 좋아하는데."

"…그분 유부남이잖습니까?"

아윤은 20대에 일찌감치 성혼해서 지금은 슬하에 아들까지 있는 유부남이었다.

오연서가 순진무구한 얼굴로 말했다.

"네. 근데 이렇게 불러주면 엄청 좋아해요."

"……."

형운의 내면에서 아윤에 대한 평가가 급격하게 깎여 나갔다.

한숨을 쉰 형운이 말했다.

"아무 남자한테나 오빠라고 부르는 거 아닙니다. 그냥 형운 공자라고 부르세요."

"그럴게요. 근데 형운 공자는 저를 그냥 편하게 부르셔도 되는데요?"

"입장상 그럴 수는 없지요."

"강연진은 그러는데요?"

"……."

오연서가 짐짓 목소리를 가다듬더니 강연진 흉내를 냈다.

"야! 오연서! 그러지 말랬지!"

버럭 소리 지르는 모습이 지난번에 봤던 것과 꽤 비슷했다.

"연진이가… 오 소저를 앞에 두고도 그럽니까?"

"네. 처음부터 존대도 안 했는걸요."

"그래도 이름을 막 부르는 건 좀……."

"제가 그거 갖고 뭐라고 하면 아니꼬우면 저도 반말 쓰고 이름 막 부르래요. 완전 배 째라는 식으로 나와요."

"……."

"그래서 저도 그냥 이름 막 부르고 있어요."

"이름만요?"

"네. 같이 말 놓으면 묘하게 지는 기분이 들어서 이름만 불러요."

투덜거리는 오연서를 보며 형운은 생각했다.

'왜 사귄다는 소문 도는지 알겠구만.'

오성의 제자인 두 사람은 서로 적의를 품었어도 격식과 예의를 지킬 것을 요구받는 입장이다. 그런데 다 큰 남녀가, 일 때문이라고는 하지만 만날 붙어 다니면서 서로의 이름을 막 부르면서 티격태격하고 있으면 그런 소문이 날 만도 하다.

참고로 형운도 예전에 서하령과 그런 소문이 난 적이 있기는 했다. 그러거나 말거나 신경 안 쓰고 살긴 했지만.

"그런데 오늘은 웬일로 왔습니까?"

"놀아주세요."

"……."

"이 장로님이 임무 나가기 전에 하루 쉬라고 휴가 주셨는데 놀 사람이 없어요."

"……."

너무나도 당당한 태도였다.

형운은 살짝 머리가 아파오는 걸 느끼며 말했다.

"조 소저는… 아, 근무 중이구나."

"걔는 근무 끝나도 안 돼요. 연애 시작하더니 아주 친구는 그냥 내다 버린 취급이에요. 의리 없는 계집애 같으니."

"사형과 사저 되시는 분들이 총단에 와 계시는데……."

"둘 다 바쁘다고 딴 데 가서 놀래요."

"그럼 하령이한테 가보시는 것이……."

"하령 언니는 그 허조라는 애 붙잡고 일하느라 바빠서 방해할 수가 없더라구요."

"저도 바쁩니다만……."

"이제 대주님 아니시니까 일 없이 노시는 거 아니었어요?"

천진난만하게 묻는 말이 형운의 가슴을 푹 하고 찔렀다.

'어, 아프다.'

정적들이 악의를 드러내고 비아냥거리는 것보다 오연서가 아무 생각 없이 던진 한 마디가 더 아팠다. 어느 정도냐 하면 일하고 싶은 의욕이 단번에 증발해 버렸을 정도였다.

'이것도 대단한 재주군.'

형운은 한숨을 푹 쉬고는 물었다.

"그래도 바쁩니다만… 오 소저가 그렇게까지 말씀하시니 잠시 시간을 내보죠."

"혹시… 제가 뭔가 실수했나요?"

오연서가 조심스럽게 물었다. 딱 혼날 짓을 하고 어른 눈치를 보는 어린애 같은 태도였다.

"아뇨."

"한 것 같은데… 형운 공자 표정이 그런데……."

"안 했으니까 신경 쓰지 않아도 됩니다. 여긴 이제 제 집무실이 아니니까 자리를 옮기지요."

형운은 그렇게 말하며 성큼성큼 걸어 나갔고, 자기가 뭘 실수를 했나 고민하던 오연서는 금세 고민하기를 포기하고 쫓아 나갔다.

6

형운이 오연서를 데리고 자신의 처소로 돌아오자 놀라서 벌떡 일어나는 사람이 있었다.

"오연서 네가 왜 사형이랑 같이 와?"

강연진이 와 있었던 것이다.

당연하지만 오연서가 휴가를 받았다는 것은 강연진 역시 마찬가지라는 의미였으니 이렇게 되는 것은 필연이었는지도 모른다.

'이 녀석들 얼마나 교우 관계가 황폐한 거야?'

같은 업무를 하고 있던 두 사람이 휴가를 받고 나자 놀 사람이 아무도 없어서 자신을 찾아와서 딱 마주치다니.

'연진이는 어경혼, 오 소저는 조희… 두 사람이 연애하느라 안 놀아주니까 나한테 달려온 거 아냐?'

둘을 비교하면 그나마 서하령이라는 선택지가 있는 오연서가 좀 더 낫긴 하지만 그래봤자 도토리 키 재기였다.

형운이 물었다.

"연진아."

"네."

"혹시 이럴 때… 그러니까 경혼이가 어울려 줄 수 없는 사정이 있고 나도 부재중일 때는 넌 뭐 하고 지내냐?"

"그럴 때는 무학서를 읽거나 수련을 합니다. 천공지체 연구 일을 하다 보니 공부가 부족한 느낌이라."

"……."

남들이 들으면 강연진의 피나는 노력을 칭찬할지도 모르겠지만 형운의 마음속에서는 측은함만이 샘솟았다.

"어머, 누가 강연진 아니랄까 봐 어쩜 그리도 궁상스러운가요."

오연서가 입을 가리며 웃자 강연진이 발끈했다.

"그러는 넌 뭐 하고 지내는데?"

"조희 고 기집애가 안 놀아줘도 저한테는 하령 언니가 있어요!"

"…하령이도 안 놀아줘서 저한테 온 거 아니었습니까?"

형운의 말이 오연서의 마음을 푹 찔렀다. 휘청거리는 그녀를 보며 형운은 복수의 통쾌함을 느꼈다.

'아, 내가 애들 상대로 무슨……'

형운은 부끄러움으로 얼굴을 붉혔다. 사실 둘 다 올해로 스무 살이 되는 성인들이다 보니 형운에게 애들 소리를 들을 처지는 아니었지만.

오연서가 두 주먹을 불끈 쥐며 말했다.

"그, 그래도 강연진처럼 궁상스럽게 보내진 않아요."

"오호, 그럼 오 소저께서는 얼마나 우아하고 생산적인 일을 하면서 보내시는지?"

강연진이 비아냥거리자 오연서가 말했다.

"시비 언니들 붙잡고 세상 사는 이야기를 들어요. 사부님이 그러시더라구요. 그 뭐냐, 우리랑 다른 삶을 사는 분들의 이야기를 들으면 부족한 세상 경험을 보충할 수 있다고……."

"……."

순간 형운은 왈칵 눈물이 날 것 같았다.

'아, 안쓰러워……'

이 두 사람은 어쩌면 이리도 서로의 측은함을 쏙 빼닮았단 말인가?

자기 앞에서 티격태격하는 두 사람을 보던 형운은 한숨을 푹 쉬고는 말했다.

"나가자."

"네? 나가다뇨?"

"어딜요?"

강연진과 오연서가 똑같이 놀란 표정으로 형운을 바라보았다. 생김새는 닮은 구석이라고는 없는 두 사람이었지만 지금 형운을 바라보는 표정만 보면 남매라고 해도 믿을 것 같았다.

"모처럼 휴일이라면서. 총단에만 틀어박혀 있지 말고 도시로 나가서 놀자고."

"밖에서는 어떻게 놀아요?"

오연서의 물음에 형운이 심술궂게 웃었다.

"온건하게 노는 방법과 과격하게 노는 방법이 있죠."

"과, 과격하게 노는 방법이라면……."

강연진이 왠지 긴장해서 침을 꿀꺽 삼켰다.

오연서와 달리 그는 척마대원으로 곳곳에 나가 임무를 수행한 경력이 있다. 교우 관계가 절망적이기는 해도 무인들이 휴가받아서 놀러 나가면 주로 뭘 하는지에 대해서는 아는 것이다.

형운은 그의 뒤통수를 한 대 때려주고는 말했다.

"네가 생각하는 그런 거 아냐."

"아, 아무것도 생각 안 했습니다. 전 대사형이 그 빨간 등 잔뜩 켜져 있는 그런 거리에 가는 사람이라고 생각한 적 없어요. 진짭니다."

"빨간 등 켜진 그런 거리? 어머, 그거면 그, 소설에 나오는 그런 곳… 마, 맞나요?"

오연서가 얼굴을 붉히며 물었다. 부끄러워하는 것 같지만 눈은 초롱초롱 빛나고 있었다.

형운이 식은땀을 흘렸다. 둘 다 아주 그냥 사춘기적인 망상이 폭주하고 있는 모양이다.

"온건하게 노는 건 그냥 기예단의 공연도 보고, 주루에 가서 가무를 즐기는 그런 걸 말하는 거고……."

"아, 그거라면 하령 언니나 조희랑 몇 번 가봤어요."

그 말에 강연진이 움찔했다. 교우 관계가 절망적인 강연진에게는 누구랑 같이 도시에 놀러 나가본 경험 자체가 없었던 것이다. 그가 도시로 나갈 때는 가족들을 찾아갈 때뿐이었다.

그런 기색을 귀신같이 알아차린 오연서가 입을 가리며 깔보는 눈길을 보냈다. 강연진이 발끈했고, 두 사람은 또다시 으르렁거리기 시작했다.

퍽 한심해하는 눈으로 그들을 바라보던 형운이 말했다.

"그리고 과격하게 노는 건……."

운을 떼자마자 두 사람이 거짓말처럼 말을 뚝 끊고 형운의 말에 집중했다.

"일단 옷을 허름한 것으로 갈아입고. 인피면구도 쓰면 좋은데 그건 공수할 수가 없으니 적당히 위장을 합니다."

"왜요?"

이유를 상상할 수 없었는지라 오연서가 눈을 동그랗게 떴다. 형운이 씩 웃으며 말을 이었다.

"그래야 사람들이 보자마자 조심하지 않으니까요. 허름한 옷을 입고 저잣거리를 돌아다니면서 사람들 이야기를 들어보려면 그러는 게 좋아요."

"이야기를 들어서 어떻게 하는데요?"

"소문이 안 좋은 놈들이 있는지 알아봅니다. 주로 흑도 방파의 하수인 노릇을 하는 건달패 같은 놈들이죠."

"그래서요?"

"그런 놈들을 찾아서 아작을 냅니다."

"……"

"흑도방파들끼리 이권 때문에 치고받는 것은 나름 민감한 문제라 함부로 건드리면 안 되고요. 보면 꼭 힘없는 사람들 괴롭히고 다니는 놈들이 있거든요. 성해는 치안이 좋은 편이지만 관에서 모든 곳을 다 살피고 있는 게 아니다 보니 언제나 독버섯처럼 그런 놈들이 자라나고는 하지요."

"그러니까… 활극에 나오는 협객들 같은 일을 하는 건가요?"

"그 비슷합니다."

"저 그거 할래요! 협객 한번 되어보고 싶었어요!"

오연서가 눈을 반짝반짝 빛냈다.

강연진이 어안이 벙벙해져서 물었다.

"그런 일을 하고 계셨습니까?"

"가끔. 업무에 붙잡혀 있는 동안에는 할 수 없으니까 쉬는 날을 그렇게 쓰고는 하지."

예전에 위장 신분을 만든 이후로 가끔 성해 곳곳에서 그런 일을 해오고 있었다.

"사실 알려져도 별로 상관은 없는데, 그렇게 되면 이후에 행동이 제약되니까 위장을 해야지. 평소에 남들 앞에서 안 쓴 무기를 하나씩 고르고……."

그날, 고리대금과 인신매매를 즐기던 성해 서부 변두리의 흑도 무리들은 날벼락 같은 재난을 만났다.

그리고 뜻밖의 비밀을 공유하게 된 강연진과 오연서는, 그 다음 날에도 변함없이 티격태격하면서 천공지체 연구로 돌아 갔다.

7

백건익은 척마대주가 되었고, 구영한은 척마대 부대주가 되었다. 손두언은 파견 경호대주가 되었다.

그리고 오량은 외검대주로 취임했다.

"설마 이 자리를 맡게 될 줄은 몰랐네."

오량은 씁쓸한 웃음을 짓고 있었다.

척마대주직을 차지하지 못했다는 사실이 좌절스러워서는 아니었다. 외검대주도 만만찮은 자리였으니까.

외검대의 역할은 두 가지다.

하운국 서부의 별의 수호자 외부 조직이 무력을 필요로 할 때 지원하는 것과 그들을 감찰하는 것.

당연히 영향력이 클 수밖에 없는 조직이었다. 그런 조직의 대주로 취임했는데도 오량의 표정이 밝지만은 않은 것은 풍령국에서 고인이 된 그의 사형, 정무격이 외검대주였기 때문이다.

"앞만 보시는 게 좋겠지요."

"그렇겠지."

오량에게 그런 말을 던진 것은 형운이었다. 오량의 외검대주직 취임을 축하하기 위해 찾아왔던 것이다.

"그런데 이렇게 찾아와도 괜찮은 건가? 아직은 좀 민감한 시기가 아닌가 싶은데……."

척마대주 건이 결판나고 나서 3주 정도가 흘렀다. 그 전보다는 덜하겠지만 그래도 형운이 오량을 만나러 오는 것은 다소 민감한 사안이 될 수가 있었다.

형운이 씩 웃었다.

"괜찮습니다, 그런 거 신경 안 써도."

"음?"

"지금 이야기하기는 좀 그렇고, 내일이면 아시게 될 겁니다."

"사람 궁금증에 불을 질러놓고 약 올리는군."

"그리고 오량 선배… 아니, 이제는 오 대주님이라고 불러야겠군요."

"아직 취임식도 하기 전이긴 하네만."

오량이 멋쩍은 듯 웃었다.

"곡정이가 오 대주님에게도 안부를 전해달라고 했습니다."

"사부님이 그러시더군. 그 녀석은 무사하고, 나중에 돌아올 거라고."

"그 이상은 안 들으려고 하시더군요. 아주 미련 없이 휙 돌아버리시는 뒷모습에 반할 뻔했습니다."

"자네도 우리 사부님의 매력을 알게 되었군."

오량이 껄껄 웃더니 말했다.

"유감스럽게도 나는 사부님처럼 단호하고 멋진 사람이 못 되는지라 좀 자세히 듣고 싶은데, 들려줄 수 있겠나?"

"물론이지요. 사실 얘기를 하고 싶은데 안 들어주고 휙 떠나 버리시니 많이 아쉬웠거든요."

형운은 즐겁게 마곡정의 이야기를 들려주었다.

그리고 다음 날에 알려진 형운의 결정은 오량뿐만 아니라 총단의 모두를 놀라게 만들었다.

8

청명한 날이었다.

4월이 되자 성해에도 조금씩 봄기운이 자라나고 있었다. 아직 바람이 쌀쌀했지만 곳곳에 꽃이 피고 사람들의 차림새가 가벼워졌다.

그런 성해 시내를 한 대의 마차가 가로질렀다.

그 마차는 동쪽 성문 앞에 가서 멈췄다. 마부가 열어준 문으로 내린 것은 형운이었다.

"정말 여기까지면 되겠습니까? 기왕이면 다음 마을까지 모셔다드리는 편이⋯⋯."

"괜찮아. 고마워, 왕일."

마부는 형운의 호위단주인 왕일이었다. 형운이 그의 어깨를 두드려 주며 말했다.

"백 대주님을 잘 부탁해."

"예. 파견 경호대에서 온 녀석들에게 얕잡아 보이는 일 없도록 하겠습니다."

"믿고 있어."

형운은 호위단은 이제 백건익을 호위하게 되었다. 형운이

298 성운을 먹는 자

파견이라는 형식으로 그에게 인력을 빌려준 것이다.

그렇게 한 이유는 형운이 여행을 떠나기로 했기 때문이다.

백건익을 척마대주로 만들고, 대주로서의 업무 인수인계를 마친 형운은 아직도 10개월 넘게 남은 징계면직 기간 동안 하운국을 두루 돌아다니는 여행을 떠나겠노라고 선언한 것이다.

이 결정은 많은 이들을 놀라게 했다.

다들 당연히 형운이 척마대에 영향력을 행세하면서 복직할 때를 위한 포석을 마련할 것이라고 예상했던 것이다. 하지만 형운은 홀가분하게 여행을 떠나는 것을 선택했다.

지금까지 형운의 호위단은 제 몫을 하지 못했다. 형운이 정말 중요한 일에 투입될 때는 그들이 배제되었기 때문이다.

그런데 자기가 징계면직 받은 동안에도 제대로 일을 못 하게 하는 것은 너무한 처사라고 생각했기에 형운은 그들을 파견이라는 형식으로 척마대주 호위로 만들어주었다.

"종종 연락할게."

형운은 묵직한 짐을 짊어진 채로 성문을 나섰다. 그리고 곧바로 경공을 펼쳐서 질풍처럼 수백 장을 달려간 다음 멈춰 서서 말했다.

"누나, 이제 은신 그만하고 나와요."

"음……."

그러자 가려가 홀연히 모습을 드러냈다.

머뭇거리는 그녀에게 형운이 말했다.

"인적도 없으니 잘됐네요. 여기서 변장하고 움직이죠."

"꼭 그래야 합니까? 저는 그냥 은신하고……."

"안 돼요. 이것도 수행이라고 생각하세요. 누나 스승님께
서도 동의하실걸요?"

"……."

심술궂게 웃는 형운을 보던 가려가 한숨을 푹 쉬었다.

잠시 후, 형운과 가려는 성문을 나왔을 때와는 전혀 다른
모습으로 변했다.

"그럼 가죠."

그렇게 형운과 가려는 처음으로 뚜렷한 목적이 없는 여행
을 시작했다.

『성운을 먹는 자』 25권에 계속…

초대형 24시 만화방

신간 100%, 샤워실, 흡연실, 수면실(침대석), 커플석, 세탁기 완비

■ 시흥 정왕25시점 ■

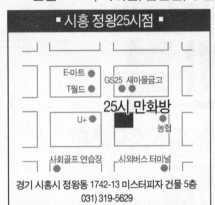

경기 시흥시 정왕동 1742-13 미스터피자 건물 5층
031) 319-5629

■ 강북 노원역점 ■

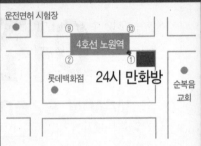

서울 노원구 상계동 340-6 노원역 1번 출구 앞 3층
02) 951-8324 (화용빌딩 3층)

■ 일산 정발산역점 ■

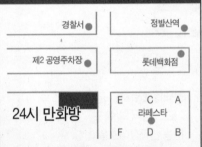

라페스타 E동 건너편 먹자골목 내 객잔건물 5층
031) 914-1957

■ 일산 화정역점 ■

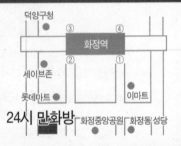

경기도 고양시 덕양구 화정동 984번지 서일빌딩 7층
031) 979-4874 (서일사우나 건물 7층)

■ 부천 역곡역점 ■

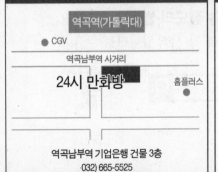

역곡남부역 기업은행 건물 3층
032) 665-5525

■ 부평역점 ■

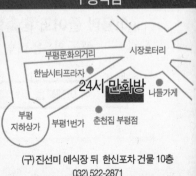

(구) 진선미 예식장 뒤 한신포차 건물 10층
032) 522-2871

허담 新무협 판타지 소설
FANTASTIC ORIENTAL HEROES

전왕의 검

신력을 타고났으나 그것은 축복이 아닌 저주였다.

『십자성 - 전왕의 검』

남과 다르기에 계속된 도망자의 삶.
거듭된 도망의 끝은 북방 이민족의 땅이었다.
야만자의 땅에서 적풍은 마침내 검을 드는데……!

"다시는 숨어 살지 않겠다!"

쫓기지 않고 군림하리라!
절대마지 십자성을 거느린
적풍의 압도적인 무림행이 시작된다!

이계진입 리로디드

임경배 퓨전 판타지 소설

FUSION FANTASTIC STORY

『권왕전생』임경배의 2015년 신작!

『이계진입 리로디드』

**왕의 심장이 불타 사라질 때,
현세의 운명을 초월한 존재가 이 땅에 강림하리라!**

폭군으로부터 이세계를 구원한 지구인 소년 성시한.
부와 명예, 아름다운 연인…
해피엔딩으로 이야기는 끝인 줄 알았건만
그 대가는 지구로의 무참한 추방이었다.
그리고 10년 후……

"내가 돌아왔다! 이 개자식들아!"

한 번 세상을 구한 영웅의 이계 '재'진입 이야기!

Book Publishing CHUNGEORAM

유행이 아닌 자유추구 -
WWW.chungeoram.com

2016년의 대미를 장식할 최고의 스포츠 소설!!

Career record : 984W 26L
Career titles : 95
Highest ranking : No.1(387weeks)
Grand Slam Singles results : 23W
Paralympic medal record : Singles Gold(2012, 2016)

**약 십 년여를 세계 최고로 군림한 천재 테니스 선수.
경기 내내 그의 몸을 지탱하고 있는 것은…… 휠체어였다.**

『그랜드슬램』

**휠체어 테니스계의 신, 이영석(32).
그는 정상의 자리에서도 끝없는 갈망에 사로잡혀 있었다.**

"걷고 싶다, 뛰고 싶다. …날고 싶다!!"

**뛸 수 없던 천재 테니스 선수
그에게, 날개가 달렸다!!!**

Book Publishing CHUNGEORAM

유행이 아닌 자유추구~
WWW.chungeoram.com

투신 강태산

박선우 장편소설
FUSION FANTASTIC STORY

무림을 휩쓸던 '야차(夜叉)'가 돌아왔다.

『투신 강태산』

여행사 다니는 따뜻한 하숙생 오빠이자
국가위기 특수대응팀 '청룡'의 수장.
그리고 종합격투기계를 휩쓸어 버린 절대강자.
전 세계를 무대로 펼쳐지는 투신 강태산의 현대 종횡기!

"나는, 나와 대한민국의 적을, 철저하게 부숴 버릴 것이다."

서러웠던 대한민국은 잊어라!
국민을 사랑하는 대통령과 절대강자 투신이 만들어 나가는
새로운 대한민국이 펼쳐진다!!